LE CONDITIONNEL

DU MÊME AUTEUR

Romans

L'OGRESSE - *Publibook 2003*
LA COUGAR - *BoD 2016*

Théâtre

SACRÉ JEAN-FOUTRE - *BoD 2017*
VOUS RÊVEZ, MAÎTRE - *BoD 2020*

Jean-Gabriel GOBIN

LE CONDITIONNEL

Comédie en 4 actes

© 2021, Jean-Gabriel Gobin
Édition : BoD – Books on Demand,
12/14 rond-point des Champs-Élysées, 75008 Paris
Impression : BoD - Books on Demand, Norderstedt, Allemagne

ISBN : 9782322248872

dépôt légal : juin 2021

PERSONNAGES

HENRI
JULIETTE, sa femme

CATHERINE, leur fille
JULIEN, fiancé de CATHERINE

GEORGES, secrétaire de HENRI
              amant de JULIETTE

UN SERVEUR

PREMIER ACTE

Un décor de rideaux noirs.
Un grand lit, une coiffeuse et un ou deux fauteuils symbolisent un intérieur bourgeois.
L'ensemble est sobre, mais évocateur d'un luxe certain.
Devant la coiffeuse, Juliette, la cinquantaine, qui a dû être belle, s'arrange les cheveux, s'énervant quelque peu.
Dans le lit, Henri, sensiblement du même âge, très hommes d'affaires, lit son journal. Après un temps, il le replie, visiblement satisfait, puis saisit le plateau à portée de sa main et s'installe pour déjeuner.

HENRI

Les sucreries Chancelle ont encore baissé de douze points hier. Encore deux séances comme celle-là et j'ai l'impression que tout ce beau monde ne tardera pas à rappliquer chez moi pour implorer secours et assistance. Seulement cette fois, ils pourront se fouiller. Il y a six mois, ils refusaient la fusion, maintenant qu'ils y sont contraints les conditions ne sont plus les mêmes. Je rachète, d'accord, mais je fous tout le monde dehors. Ça leur apprendra à faire la fine bouche. Quand on n'a pas la carrure, on ne met pas des épaulettes : on fait des poids et haltères où on renonce.

JULIETTE, *aigre.*

Et qu'est-ce que cela va te rapporter ? Un franc de

plus par jour, un million d'impôts supplémentaires, quelques nouvelles heures de travail et une bonne raison d'être un peu moins chez toi et de m'abandonner à mon sort.

HENRI, *affable.*

C'est un peu vrai, mais ce n'est pas tout.
Il ajoute, grand seigneur.
Ce n'est pas seulement pour moi que je fais ça. C'est au nom de la justice. Parce que si l'on assure l'impunité à tous les crétins, on ne voit vraiment plus l'intérêt qu'il y aura à essayer de cultiver son intelligence.

JULIETTE, *toujours aigre.*

Tu es tellement intelligent, toi !
Elle marmonne.
En tout cas pour ce que cela t'aura servi !

HENRI

Je ne suis peut-être pas très intelligent, mais je n'en suis pas non plus à déposer mon bilan. Dieu merci, les sucres Duval et Compagnie se portent bien.

JULIETTE

Tes sucres, tes sucres, tu n'as que ça à la bouche. Veux-tu que je te dise, tu me fais penser au pékinois de la mère Brinuche. Lui aussi ne vit que pour son sucre. Ma parole, tu finiras diabétique à force de ne penser qu'à ça.

HENRI

Ça m'étonnerait, ça fait au moins dix ans que je n'en ai pas mangé un morceau. Et puis, de toute façon, il faut bien mourir de quelque chose.

JULIETTE

Tu auras peut-être réussi, mais on se demande vraiment à quoi. Tu n'auras profité de rien.

Elle crie soudain.

Même pas de ton sucre. Pas d'autres choses non plus d'ailleurs. Tu as amassé une fortune colossale pour ne même pas en jouir, ni toi ni personne. Tu passes ta vie entre ton usine et ton bureau et tout ce que tu as accumulé n'aura servi à rien. Personne n'en aura jamais vraiment profité. Même pas toi.

HENRI

Tu oublies que nous avons une fille. D'ailleurs si elle dépense autant que toi, il n'est pas pressé que je m'arrête de travailler.

JULIETTE

Tu as bonne mine à te donner des allures de bon père de famille. Pour le cas que tu en fais de ta fille. Tu la laisses partir dans les bras du premier va-nu-pieds rencontré. Un bon à rien, un petit employé de rien du tout. Ah ! Tu peux en parler de ta fille. Tu l'auras tellement gâtée.

HENRI

Comment sais-tu que c'est un bon à rien, tu ne le connais même pas ?

JULIETTE

Parce que toi tu le connais ?

HENRI

Non. C'est pour ça que j'évite de le juger. J'attends

de voir. Ça me semble une sage solution. Si ça se trouve, il est très bien ce garçon.

JULIETTE

Décidément, tu seras toujours d'une mauvaise foi…

HENRI, *ironique.*

Je sais que tu ne l'es jamais, mais je me demande quand même sur quoi tu te bases pour porter un jugement aussi catégorique

JULIETTE, *avec une mauvaise foi écrasante.*

Je me base sur mon intuition. Si tu connaissais un peu mieux les femmes, tu saurais que c'est chez elle quelque chose qui ne trompe pas.

HENRI

Je ne connais pas les femmes, j'en connais une et j'avoue que cela me suffit amplement. Je ne me sens vraiment pas de taille à en avoir plusieurs. J'ai d'ailleurs toujours admiré les sultans qui avaient un harem, parce que, à ce stade, quand ce n'est pas du gâtisme c'est de l'héroïsme.

JULIETTE, *acerbe.*

Ne t'inquiète pas, tu ne risques pas de finir en héros.

HENRI

J'ai nettement limité mes ambitions en ce domaine.

JULIETTE, *furieuse.*

Seulement, c'est un peu trop facile d'espérer t'en tirer ainsi. Quand tu m'as épousée, tu as pris un engagement.

Si tu ne t'en souviens pas moi je n'ai pas oublié. Tu as des devoirs, mon ami. Désolée d'avoir à te le répéter, mais tu oublies un peu trop souvent que tu as une femme.

HENRI

Je te fais toujours confiance pour me rafraîchir la mémoire.

JULIETTE

Heureusement. Parce qu'autrement j'ai l'impression qu'il y a belle lurette que tu l'aurais oublié.

HENRI

Et je serais si tranquille.

JULIETTE

Eh bien sois tranquille. Je ne suis pas près de te laisser tranquille. Tu serais trop tranquille.

HENRI

Je suis tranquille.

JULIETTE

Quand je pense à ce que j'aurais pu être. J'étais jolie, distinguée, j'avais tout l'avenir devant moi et il a fallu que je vienne m'enterrer avec toi, une machine qui ne pense qu'à compter ses sucres et à réduire les autres en poudre. Mon Dieu ce qu'on peut être bête à vingt ans.

HENRI

Tu n'as pas changé, tu sais.

JULIETTE

C'est ça, fais de l'esprit mon bonhomme. Ça au moins, ça ne te coûte rien.

HENRI

Je n'ai jamais su exactement de quoi tu te plaignais, mais je dois te dire que de toute façon j'ai renoncé. Tu n'auras passé ta vie qu'à cela et après tout ça t'aura fait une occupation.

JULIETTE, *hors d'elle.*

Comment ? Tu ne sais pas de quoi je me plains ? Tu crois que c'est une vie pour une femme celle que tu m'as faite ? Si tu avais fait vœu de chasteté, il ne fallait pas te marier, il fallait entrer dans les ordres. Là, au moins, tu pouvais espérer un avenir. Quoique, aujourd'hui, tu serais encore probablement dépassé par les événements. Seulement, si tu n'as jamais eu le courage de prendre tes responsabilités, moi j'étais en droit d'espérer un peu plus que ce que tu m'as donné.

HENRI

Je t'accorde que je n'ai peut-être pas très bien cherché, mais je n'ai jamais pu avoir, ne serait-ce qu'une idée, de ce qui aurait été susceptible de te satisfaire. Je ne cherche plus. Tu jouis de ma fortune, tu changes de robe trois fois par jour, tu passes ta vie chez le coiffeur et, en outre, tu as pris un amant. Tu reconnaîtras que je ne t'en ai jamais fait grief.

JULIETTE

C'est bien ce que je te reproche.

HENRI

Alors là tu exagères. Je veux bien que tu me taxes de tous les défauts de la terre, mais de là à m'entendre, moi, reprocher par ma femme le fait qu'elle a pris un amant dépasse quand même les limites du raisonnable.

JULIETTE

C'est toi qui m'y as forcée.

HENRI, *qui commence à s'énerver, crie.*

Ah non ! Je t'en prie. Reproche-moi ce que tu voudras, mais pas ça. Je suis un mauvais mari, d'accord, je suis un mauvais père, d'accord, je suis cocu, d'accord, mais je refuse de m'être fait cocu moi-même. J'avais suffisamment confiance en moi et assez de délicatesse pour ne pas me tromper, moi. Il y a des tours que je ne me suis jamais joués.

JULIETTE

Tu ne vas quand même pas nier que c'est toi qui m'as jetée dans ses bras ? Tu l'as choisi et tu le paies en plus. Tu avoueras que c'est un comble.

HENRI

N'exagérons rien. Georges est secrétaire général de la société et je n'ai jusqu'à présent rencontré personne qui accepte d'exercer gratuitement cette fonction. Sinon, je l'aurais tout de suite engagé, ne te fais aucun souci à ce sujet.

JULIETTE

Tu aurais pu le mettre à la porte.

HENRI

Je ne vois vraiment pas pourquoi je me serais séparé d'un collaborateur qui fait très bien son travail et qui est un garçon consciencieux. Sans compter que tu en aurais profité pour me faire des histoires.

JULIETTE

C'est cela, tu l'as dit : c'est pour ne pas avoir d'histoires. Tu ferais n'importe quoi pour ne pas avoir d'histoires.

HENRI, *débarrassant son plateau
et s'apprêtant à se lever.*

Tu trouves suffisamment d'occasions d'en faire, je ne vois vraiment pas l'utilité d'en créer de nouvelles. Maintenant, excuse-moi de mettre fin si rapidement à une discussion aussi enrichissante, mais premièrement si ça continue je vais être en retard au conseil d'administration et deuxièmement, tu m'emmerdes.

JULIETTE, *haineuse.*

C'est cela. Va t'occuper de ton sucre et profites-en pour t'en faire casser un peu sur le dos.

HENRI, *avant de sortir.*

C'est une occupation que je te laisse volontiers.

*Elle reste un moment seule, lissant ses cheveux et se
calmant peu à peu.
L'éclairage change, se fait plus diffus.
Paraît un homme d'une quarantaine d'années :
beau, élégant, sportif. Elle ne l'a pas vu entrer. Il
s'approche d'elle et lui passe des bras autour du cou.
Surprise, elle sursaute.*

JULIETTE *lui parle dans la glace.*

C'est toi, mon chéri. Tu m'as fait peur. Mais tu es fou de venir ici.

GEORGES *embrasse ses cheveux.*

Oui, je suis fou, mon ange. Fou d'amour. Fou de toi.

JULIETTE *se dresse pour se jeter dans ses bras.*

Mon amour.
> *Ils s'embrassent. Elle rit comme une folle puis soudain s'arrête, anxieuse et dit gravement.*

Quand même, tu ne devrais pas. S'il nous surprenait.

GEORGES, *mystérieux.*

J'espère bien qu'il va nous surprendre.

JULIETTE, *inquiète.*

Qu'est-ce que tu dis ?

GEORGES, *dont le visage se durcit.*

Je suis venu pour cela. Toute cette comédie doit finir. Finis les baisers volés, les regards qui se croisent sans jamais se rencontrer, les rencontres furtives entre deux portes. Tout cela va enfin se terminer. Je suis venu à cette fin.

JULIETTE, *réaliste.*

Mais se terminer comment ? Tu n'y songes pas, s'il te voit ici, tu ne sais pas de quoi il est capable. Il est fichu de te tuer.

GEORGES, *sortant un revolver.*

Soit sans crainte, je l'aurai avant.

JULIETTE, *affolée.*

Quoi ? Mais tu es fou.

GEORGES, *haineux*

Oui, je suis fou. Je te l'ai dit. Fou d'amour. Je suis venu

mettre fin à ce jeu stupide. Il y a des moments où l'on se croirait dans une pièce de théâtre, un de ces vaudevilles qui n'a rien de comique même s'il prétend l'être. Je suis venu pour l'abattre, mais avant, je vais me payer un dernier luxe. À chacun son tour le beau rôle. Je veux qu'il te voie dans mes bras.

JULIETTE

Mon chéri, tu ne sais plus ce que tu dis. Tu ne feras jamais ça.

GEORGES, *menaçant.*

Tu ne m'en crois pas capable ?

JULIETTE

Non Georges. Tu ne feras pas ça. Tu ne le feras pas. Je te le défends.

GEORGES *crie.*

Qu'est-ce que tu me défends ? C'est moi qui t'enlève, non ? Tu ne crois quand même pas que dans un rapt on demande son avis à l'intéressé.

JULIETTE

Lâche ce revolver Georges. Lâche-le.
Elle s'est jetée sur lui.
Surpris il n'a pas eu le temps de réagir et s'est laissé prendre l'arme. Elle le tient en joue à présent.

GEORGES, *piteux.*

C'est bon. Comme tu voudras.
Il ajoute.
D'ailleurs, il n'était pas chargé.

Moment de gêne. Il dit enfin.

Je pense que dans ces conditions je n'ai plus qu'à me retirer.

JULIETTE, *apitoyée.*

Mon chéri, tu es idiot. Tu fais des drames pour rien. Pourquoi veux-tu que les choses changent ? Nous nous aimons, n'est-ce pas le principal ?

GEORGES *implore.*

Enfin, tout cela ne peut plus durer. Combien de temps encore allons-nous supporter ces situations grotesques avec des baisers échangés dans l'angoisse et l'amour entre deux portes ? Je n'en peux plus. On dirait qu'il prend toujours un malin plaisir à surgir au moment où il ne faut pas. C'est toujours la mauvaise plaisanterie du prisonnier qui creuse son trou pour s'évader et qu'on change de cellule le jour où il a enfin terminé.

JULIETTE

Mais qu'est-ce que cela peut faire ? Est-ce que l'amour n'a pas plus de prix lorsqu'il est fait d'incertitudes, lorsque l'on peut toujours tout espérer de l'imprévu ?

GEORGES

Plus de prix ? Ne trouves-tu pas la vie suffisamment exorbitante ?

JULIETTE

Mais mon chéri, l'amour c'est le futur, c'est l'espoir, l'attente du lendemain. Le présent n'a rien de sublime, tu sais. C'est beaucoup trop matérialiste.

Elle rêve.
Un baiser volé, un regard complice : cela me rappelle nos amours de quinze ans, à l'âge où l'on rougit encore de s'effleurer les mains en marchant côte à côte.

GEORGES, *dépité.*

Mais Juliette, nous n'avons plus quinze ans.

JULIETTE

Qu'en sais-tu ?
> *Elle ajoute comme si c'était une preuve.*

Je n'ai plus grandi depuis que j'ai atteint cet âge.

GEORGES

Tu crois que tu ne vieilliras jamais ?

JULIETTE, *doucement.*

Jamais. Nous ne vieillirons jamais. C'est le privilège de ceux qui s'aiment.

GEORGES

Je voudrais tant que nous soyons heureux.

> *Elle lui tend ses lèvres, ils s'embrassent.*
> *Surgit Henri. Un temps, il s'arrête surpris puis tousse*
> *faussement en les regardant, furieux.*

GEORGES, *lâche Juliette brusquement.*

Merde. Tu vois ce que je te disais. Nous sommes en plein vaudeville.

HENRI, *qui ne comprend pas.*

Qu'est-ce que vous dites ?

GEORGES, *tête baissée.*

Rien.

HENRI

Je vous demande pardon. Je vous dérange peut-être. Excusez-moi, je me retire.
Il fait mine de partir, mais fait volte-face aussitôt.
Décidément, on aura tout vu. MA femme, dans les bras de MON secrétaire, chez MOI, dans MA chambre, et alors que je me trouve à deux pas.

JULIETTE

Henri, c'est une méprise.

HENRI

Une méprise ? Bien sûr. Tu avais probablement mal vu et lui a la vue aussi basse que toi et en plus il s'est trompé d'étage. Décidément, on ne peut avoir confiance en personne. Un homme à qui j'ai tout donné, qui me doit tout. Une nullité que j'ai sortie de la crasse. Pourtant j'aurais dû m'en douter. Trop poli pour être honnête. Vous aviez d'ailleurs tout du traître. Taille moyenne, intelligence moyenne, bouche moyenne, nez moyen, le traître type quoi. Car chacun sait que tous les traîtres sont des êtres moyens – moyens de trahison bien entendue – et signe particulier : néant.

JULIETTE

Henri, tu n'as pas le droit.

HENRI

Non, bien sûr. Mon intervention est évidemment d'une indélicatesse... je devrais naturellement vous présenter mes félicitations. L'amour est si rare qu'on devrait toujours se féliciter d'être cocu parce que ça favorise une situation exceptionnelle.

JULIETTE

Henri, tu es ignoble.

HENRI

C'est bien ce que je disais. Être cocu est déjà ignoble, mais ça l'est encore plus de s'en apercevoir.
Il désigne Georges.
Tandis que lui, c'est tellement plus délicat à ce qu'il fait, c'est tellement plus noble. Un garçon que j'ai sorti de la mouise, qui ne serait rien si je n'avais pas été là. Car je vous ai entièrement fabriqué n'est-ce pas ?

GEORGES, *qui se fait tout petit.*

Oui, Monsieur le Président-directeur général.

HENRI

Je vous ai tout donné. Même ma femme. Vous me direz que ça, c'était à mon insu. Et que faisiez-vous avant que je vous prenne mon service ?

GEORGES

Je travaillais à l'usine, Monsieur le Président-directeur général. Je rangeais les morceaux de sucre dans les boîtes. À l'époque, cela se faisait à la main.

HENRI

Et si je n'étais pas venu vous tirer de là pour vous amener au conseil d'administration, que feriez-vous aujourd'hui ?

GEORGES

J'aurais probablement suivi l'avancement ordinaire,

Monsieur le Président-directeur général. Avec un peu de chance, je sucrerais les fraises.

HENRI

Et moi je suis venu vous tirer de là. Sans raison véritable d'ailleurs. Car si vous ne faisiez pas trop mal votre travail, il vous arrivait aussi de croquer un morceau de temps en temps. Je l'ai su.

GEORGES, *piteux.*

Je n'étais pas très riche, Monsieur le Président-directeur général. J'avais faim quelquefois.

HENRI *crie.*

Ce n'était pas une raison pour sucrer les sucres des autres.

GEORGES *bredouille.*

Oui, Monsieur le Président-directeur général... Non Monsieur le Président-directeur général. Je suis un criminel, Monsieur le Président-directeur général, mais je vous rembourserai, Monsieur le Président-directeur général.

HENRI

Vous aviez commencé par mon sucre. À présent, c'est ma femme.
Il crie.
Seulement cette fois, vous n'avez plus d'excuse.

GEORGES

Non Monsieur le Président-directeur général.
Il tombe à genoux.

Je suis un triste sire, Monsieur le Président-directeur général. Je sais que je ne mérite pas votre pardon, mais je vous le demande quand même, Monsieur le Président-directeur général. Châtiez-moi comme il vous plaira, tuez-moi si vous le voulez… Pas trop quand même.

JULIETTE *se jette aux pieds d'Henri à son tour.*

Non, Henri. C'est moi qu'il faut châtier. C'est moi qui suis coupable. C'est moi qui ai entraîné ce garçon. Je suis seule responsable. Je t'en supplie, ne commets pas d'injustice.

HENRI, *exaspéré.*

Non, mais vous n'avez pas bientôt fini votre numéro de cirque ? Relevez-vous d'abord. J'ai horreur de parler à des gens qui sont à un niveau inférieur.

Juliette se relève.

GEORGES

C'est que je me sens si petit à côté de vous Monsieur le Président-directeur général.

HENRI

Justement, relevez-vous.

GEORGES, *se relevant, demande inquiet.*

Vous ne me châtiez pas Monsieur le Président-directeur général ?

HENRI

Vous espérez peut-être que je vais vous proposer le poste de directeur général adjoint ?

GEORGES

Oh ! Non, Monsieur le Président-directeur général. Je sais que vous appréciez beaucoup Monsieur Cucufort.

HENRI

À partir de demain, vous réintégrerez la place que vous aviez à l'usine et que vous n'auriez d'ailleurs jamais dû quitter.

JULIETTE

Henri, ne sois pas si dur. C'est moi qu'il faut punir. Moi seule suis coupable.

HENRI, *qui ne l'écoute même pas.*

Je vous laisse quand même faire vos adieux. Je suis peut-être cocu, mais je suis poli.

Il sort.

JULIETTE, *avec un mélange
de crainte et d'admiration.*

Il est terrible.

Elle se tourne vers Georges.

Je te demande pardon, mon chéri. Tout cela est ma faute. Je n'aurais pas dû…

GEORGES *la coupe.*

Non, Juliette. C'est moi qui te demande pardon. Je t'ai mise dans une situation impossible.

Un temps, il demande.

Me pardonneras-tu un jour ?

JULIETTE, *gentiment.*

Pas avant que tu ne m'aies pardonné.

GEORGES

Non, c'est toi qui me pardonneras d'abord.

JULIETTE

Non, toi.

GEORGES

Non, toi.

JULIETTE

Toi.

GEORGES

Toi.

JULIETTE

Toi.

GEORGES

Toi.

JULIETTE

Nous n'allons pas nous disputer pour la dernière fois.

GEORGES

C'est vrai. Je te demande pardon.

JULIETTE

C'est moi qui te demande pardon.

GEORGES

Non, moi.

JULIETTE

Moi.

GEORGES

Moi.

JULIETTE

Allons bon, ça recommence.

JULIETTE, *après un temps.*

Que vas-tu devenir à présent ?

GEORGES

Je ne sais pas. Cela n'a d'ailleurs plus guère d'importance. La vie sans toi ne sera plus jamais ce qu'elle a été.

JULIETTE

Je n'oublierai jamais les heures délicieuses que nous avons passées ensemble.

GEORGES

Moi non plus Juliette.

JULIETTE

Au fond, j'étais ta Juliette et tu étais mon Roméo.

GEORGES, *avec un petit rire faux.*

Oui. C'est drôle.

JULIETTE, *mélancolique.*

Non, ce n'est pas drôle. Mais toutes les histoires d'amour

sont tristes.

GEORGES

C'est vrai Juliette. Maintenant, nous en sommes tout à fait sûrs. C'était vraiment une histoire d'amour.

JULIETTE

Pauvre Roméo.

GEORGES

Pauvre Juliette.

Longue gêne. Elle dit enfin.

JULIETTE

Je crois qu'il vaut mieux ne pas trop prolonger un instant si pénible. L'heure est venue de nous dire adieu.

GEORGES

Oui, c'est cela. Adieu Juliette.

JULIETTE

Adieu Roméo.

GEORGES

Adieu amour impossible.

Il sort. Juliette demeure un moment seule en scène. Le plein éclairage revient. Entre Henri, à moitié habillé le col ouvert et retenant son pantalon d'une main.

HENRI

Bon Dieu c'est insensé, impossible de remettre la main sur mes bretelles.

JULIETTE, *absente.*

Et toi, me pardonneras-tu un jour ?

HENRI, *qui retourne tout.*

Bon sang, quelle maison ! Ce n'est pas croyable. On n'a jamais vu un bordel pareil.

JULIETTE, *toujours ailleurs.*

Je t'aime pourtant. Bien sûr, tu ne peux pas comprendre. Pourquoi t'ai-je trompé ? À vrai dire, je n'en sais rien moi-même. Peut-être était-ce pour te rendre jaloux, pour que tu me désires un peu plus. Oui, c'est cela. Je t'ai trompé parce que je t'aimais trop.

Elle marque un temps, surprise par ses propres paroles.

Évidemment, ça fait un peu première page de France dimanche…

HENRI

Enfin, elles n'ont quand même pas disparu. Tu ne les as pas vues toi ?

JULIETTE, *revenant à la réalité.*

Vu quoi ?

HENRI

Mes bretelles. Je viens de te le dire. Ça fait un quart d'heure que je les cherche et impossible de remettre la main dessus.

JULIETTE, *de nouveau agressive.*

Si tu ne sais pas ce que tu fais de tes affaires, je ne peux pas le savoir pour toi.

HENRI

Je sais ce que je fais de mes affaires.

JULIETTE

La preuve.

HENRI

Si personne ne les avait prises, je ne serais pas en train de les chercher.

JULIETTE

Je me demande bien qui aurait pu prendre tes bretelles.

HENRI

Moi aussi. D'ailleurs si je le savais, je ne poserai pas la question. Si je ne les ai pas retrouvées d'ici cinq minutes, je vais être en retard au conseil d'administration.

JULIETTE

Tu leur expliqueras que tu répugnes à passer pour un sans-culotte.

HENRI

Plutôt que dire des bêtises, tu ferais mieux de m'aider à les retrouver.

JULIETTE, *non sans une certaine logique.*

Comment veux-tu que je les trouve puisque je ne sais pas où elles sont ?

HENRI, *qui envoie tout promener.*

Nom de Dieu, je vais casser la baraque.

JULIETTE

Je ne crois pas que c'est ce qui retiendra ton pantalon.

HENRI

Enfin, ce n'est pas possible. Elles ne sont pas parties toutes seules. Tu les as prises.

JULIETTE, *calme.*

Imagine-moi deux minutes avec des bretelles et tu arrêteras probablement de dire des inepties. D'ailleurs si tu avais moins de ventre tu n'en aurais pas besoin.

HENRI

Il n'est pas question de savoir ce qui se passerait si j'avais moins de ventre, je cherche mes bretelles et il faut que je les trouve.

JULIETTE

Tu devrais prévenir la police.

HENRI *lui jette un regard furieux.*

Merde.

Il sort.

JULIETTE, *se reprenant à rêver.*

Pauvre homme, on lui aura tout pris : ses sucres, sa femme, et même ses bretelles.
Elle se lève soudain, soulève un coussin sous lequel se trouvait la paire de bretelles qu'elle jette rageuse sur le lit en criant.
Les voilà tes bretelles !

HENRI, *revenant.*

Ah ! Bon sang, ce n'est pas trop tôt.

JULIETTE

Quand je pense que le sort des sucres Duval et Compagnie a failli se jouer avec une paire de bretelles…

HENRI

C'est cela. Fais des plaisanteries fines. Ça t'occupera toujours un peu.

JULIETTE

Heureusement que je ne compte pas sur toi pour cela.

HENRI

Tu fais bien. J'avoue avoir d'autres soucis. Je ne m'en plains pas d'ailleurs.

JULIETTE

Ce serait plutôt à moi de me plaindre.

HENRI

Je sais. Je me demande d'ailleurs quand tu ne te plaindras plus.

JULIETTE

Probablement le jour où tu me traiteras un peu plus comme ta femme.

HENRI

Ah ! Non. Tu ne vas pas remettre ça. Tu m'as fait

une scène de ce genre il n'y a pas un quart d'heure. Si tu continues sur cette lancée, demain tu n'auras plus rien à dire.

JULIETTE

Ça m'étonnerait.

HENRI, *affable.*

Moi aussi.

JULIETTE

Si tu t'occupais un peu plus de moi.

HENRI

S'occuper de toi, s'occuper de toi, je n'entends que ça depuis des années. Comme si tu ne t'en occupais pas assez de toi. Toi, toi, toi, tu n'as que toi comme sujet de conversation. On dirait qu'il n'y a que toi sur terre.

JULIETTE

Je parlerais peut-être moins de moi si tu le faisais à ma place, si je me sentais un peu moins ignorée. Je ne suis rien ici. Moins qu'une bonne. Il y a même des moments où je me demande si j'existe seulement.

HENRI

Si je me fie aux scènes que tu me fais régulièrement, ces moments-là doivent être de courte durée.

JULIETTE

Une bombe atomique qui explose, cela dure moins d'une minute, mais il faut vingt ans pour s'en relever.

HENRI

Justement. Un relèvement n'a de valeur que lorsqu'on l'assume soi-même. Une sanction sans effet n'est plus une sanction : c'est une faiblesse.

JULIETTE

Ce serait trop facile de ne pas payer les pots qu'on casse. Et surtout, ça t'arrangerait trop bien. Mais sois tranquille, tu paieras mon bonhomme, tu paieras. Je n'ai pas fini de te rappeler que je suis là. Je suis ta femme, je t'empêcherai de l'oublier.

HENRI

Il y a longtemps que j'ai passé l'âge des illusions. Maintenant, excuse-moi, mais le conseil d'administration m'attend. Cela va te laisser un peu de répit pour préparer notre dispute de ce soir. À plus tard ma chérie.

Il sort.

JULIETTE

Mufle !

Le noir soudain. On entend dans le lointain une valse qui s'amplifie au rythme de la lumière qui revient, mais qui demeurera diffuse. Juliette, en peignoir, danse seule sur la scène dans les bras d'un amant imaginaire. Tournant toujours, elle disparaît un court instant pour revenir dans les bras de Henri. Ils valsent comme deux amoureux. Lorsque la musique s'achève, ils vont s'asseoir à une table qu'on avait poussée à l'avant-scène dans l'obscurité.

HENRI *appelle un serveur en coulisse.*

Garçon ? Champagne s'il vous plaît.

LE SERVEUR

Tout de suite, Monsieur.

HENRI

Quelle délicieuse soirée, ne trouvez-vous pas ?

JULIETTE

Oui, délicieuse. Cet endroit est charmant. Il n'y a que vous pour dénicher pareils lieux.

HENRI, *modeste.*

J'ai découvert ce petit coin il n'y a pas très longtemps. Le cadre est agréable, le service est bien fait et puis ce n'est pas encore trop couru, on s'y sent chez soi.

JULIETTE

Quelle valse ! J'en ai encore la tête qui tourne.

HENRI, *flatteur.*

Vous êtes une remarquable cavalière.
Un temps, il demande.
Vous n'avez pas trop chaud ?

JULIETTE, *très snobe.*

Si, un peu. C'est l'inconvénient du vison. C'est élégant, mais un peu chaud. Surtout pour danser.
Henri l'aide à retirer son peignoir. Elle apparaît en chemise de nuit très décolletée.

HENRI

Il aurait été dommage de cacher une si jolie robe.

JULIETTE, *faussement modeste*

Oh ! C'est un petit modèle de chez Aquecalor. Il l'a dessiné pour me remercier d'une danse que je lui avais accordée au bal des plombiers zingueurs.

HENRI, *jaloux.*

Vous l'aimez ?

JULIETTE

Quoi ? Le bal des plombiers zingueurs ?

HENRI

Non. Aquecalor ?

JULIETTE, *rit.*

Vous plaisantez. Vous me voyez amoureuse d'un petit tailleur ? C'est un gentil garçon, certes, mais enfin ce n'est quand même pas parce qu'il habille toutes les femmes de présidents africains…
Elle ajoute, dédaigneuse.
Ce n'est quand même qu'un fripier.

HENRI

Vous êtes formidable.

JULIETTE

Je me sens si petite à côté de vous. Mon père dit que vous êtes l'homme le plus intelligent de Paris.

HENRI

Comment l'a-t-il su ?

JULIETTE

Il parlait justement de vous l'autre jour avec le ministre des Bonbons et Friandises. J'aurais voulu que vous entendiez leur conversation.

HENRI, *faussement modeste.*

Juliette, vous me flattez. Que suis-je à côté de vous ?

JULIETTE

Mon père vous appelle le sucrier de la France.

HENRI

Vous allez me faire rougir.
Il se montre un peu trop entreprenant.
Parlez-moi un peu de vous. J'ai tellement envie de mieux vous connaître.

JULIETTE, *le repoussant discrètement.*

Je vois. Vous savez, je n'ai pas grand-chose à dire. J'ai une vie toute simple.

On entend, dans le lointain, des bêlements de moutons et des aboiements de chiens.

JULIETTE, *ingénument.*

Je passe ma journée dans les herbages à filer la laine pendant que mes bêtes broutent l'herbe.

HENRI

Vous connaissez tous vos moutons ?

JULIETTE

Tous. Et tous me connaissent.

HENRI

Dans le fond, c'est l'avantage que vous avez, vous bergères, sur nous autres princes. Nos deux métiers sont un peu semblables, à cette différence près que nos troupeaux à nous sont beaucoup plus nombreux. Ça nous empêche de faire du détail. Ça n'a d'ailleurs pas grande importance. Quand nous faisons de la boucherie, c'est au niveau du commerce international.

Le garçon est venu porter le champagne.

HENRI *tend une coupe à Juliette.*

Goûtez ! Vous m'en direz des nouvelles.

JULIETTE

Hum ! Excellent ! Comment s'appelle-t-il ?

HENRI

Aspirine effervescent.

JULIETTE

Je ne connaissais pas.
Elle ajoute de nouveau très snobe.
Ça change du Moët et Chandon.

HENRI

Ça fait surtout beaucoup moins mal à la tête.

JULIETTE

Décidément, ce petit bistrot est une trouvaille.

HENRI

Cela détend et puis c'est moins surfait que la Tour d'argent. Ce calme est si agréable.

JULIETTE

Vous aimez la solitude ?

HENRI, *sombre.*

J'ai horreur du bruit. Horreur de la foule. Tu ne peux pas savoir le plaisir que j'éprouve à me retrouver seul de temps en temps. Surtout quand je suis avec toi. J'ai l'impression qu'il n'y a plus que nous deux sur terre. Je peux te regarder sans avoir l'impression d'être épié, te parler sans être obligé de baisser la voix. Tu ne peux pas imaginer ce que cela a de merveilleux pour moi. Je me sens revivre tout à coup.
Il demande subitement.
Mais peut-être cela t'ennuie-t-il après tout. Je ne suis qu'un égoïste. Tu aurais peut-être préféré quelque chose de plus vivant ?

JULIETTE

Je me sens si bien auprès de vous.

HENRI, *soudain confus.*

Je vous demande pardon. Je m'aperçois tout à coup que je me suis mis à vous tutoyer dans la conversation. Décidément, je me conduis comme un mufle.

JULIETTE

Je vous en prie, continuez, cela me fait plaisir.

HENRI

C'est vrai, Juliette ?

JULIETTE

C'est vrai, Henri.

HENRI

Juliette, tu es extraordinaire. Je t'aime, Juliette.

Il lui vole un baiser.

Tu es une fée. Ah ! Je sens que je n'aurais pas assez de toute ma vie pour te rendre heureuse. Je sens que je ne pourrai plus me passer de ta présence. Une minute loin de toi, à présent, va me paraître une éternité.

Une valse légère démarre.

JULIETTE *lui prend la main et l'entraîne.*

Dansons. Je veux mourir épuisée dans tes bras.

Ils commencent à valser, faisant des cercles de plus en plus larges jusqu'au moment où ils disparaissent. La musique continue et très vite, Juliette reparaît, valsant toujours, mais enlacée cette fois avec Georges. Ils danseront pendant toute la scène.

JULIETTE

Tu m'aimes vraiment ?

GEORGES *la serre sauvagement.*

Ah ! Mon amour, tu oses le demander ? Mais je ne t'aime pas, je t'adore, je t'adule, je t'idolâtre.

JULIETTE

Fait tout de même attention, tu me marches sur les pieds. Comment veux-tu valser dans des conditions pareilles ?

GEORGES a *un mouvement de recul.*

Je te demande pardon. Je suis si maladroit.

JULIETTE

Tu ne fais surtout pas attention où tu mets les pieds.

GEORGES, *sans qu'on sache pourquoi.*

C'est l'habitude de la poésie moderne.

Ils continuent à valser. Georges toujours maladroit, pense surtout à éviter les pieds de Juliette.

JULIETTE, *après un temps.*

J'ai quelque chose à te demander.

GEORGES, *empressé.*

Demande-moi ce que tu voudras, tu sais que je ferais n'importe quoi pour te satisfaire.

JULIETTE

Mais pose tes pieds ailleurs que sur les miens. Je vais encore avoir des cors partout à la fin.

GEORGES *reprend ses distances.*

Pardon.

JULIETTE

J'ai besoin d'un service. Un grand service. Un très grand service.

GEORGES

Il n'y a pas de trop grand service pour toi. Ordonne, je suis à ta disposition.

JULIETTE

Je dois t'avertir que ce n'est pas un service ordinaire. Tu peux refuser, naturellement.

GEORGES

Te refuser quelque chose ? À toi ? Tu n'y songes pas ? On ne peut rien te refuser. D'ailleurs, tu le sais bien.

JULIETTE

Ne parle pas trop vite. Tu risquerais de te désavouer.

GEORGES

Me désavouer ? Mais il faudrait que je sois un monstre, une brute.

JULIETTE

En parlant de brute, fais attention à mes pieds !

GEORGES

Oh ! Pardon ma chérie, pardon mon amour.

JULIETTE

Tu es sûr… que je peux te demander ?

GEORGES

Demande. Ordonne. Exige. Faut-il que je te supplie à genoux ? Faut-il que je me jette à tes pieds ?

JULIETTE

Non, je t'en prie. Laisse mes pieds tranquilles.
Un temps.

GEORGES, *impatient.*

Ordonne, ma chérie. Dépêche-toi. Je suis si pressé de me dévouer pour toi. Je t'en supplie, ne me fais pas languir.

JULIETTE, *le masque durci.*

Georges…

GEORGES

Plus vite, ma chérie plus vite. Tu me feras mourir d'impatience.

JULIETTE, *détachant bien ses mots.*

Il faut… que tu… abattes… Henri.

GEORGES, *bégaie.*

Que… j'abatte…

JULIETTE, *froide.*

Henri.

GEORGES, *pas très sûr d'avoir bien compris.*

Ton mari ?

JULIETTE

Mon mari.

GEORGES, *soudain transformé.*

C'est tout ? Mais bon sang, il fallait le dire tout de suite.

> *La musique repart de plus belle et aussi on entend seulement un cri.*

JULIETTE

Mes pieds !

RIDEAU

DEUXIÈME ACTE

Même décor de rideaux noirs, mais le mobilier (un guéridon, trois fauteuils et un canapé) évoque cette fois un salon.
Assis dans un fauteuil, Henri lit le journal tandis que face à lui, Juliette vernit ses ongles.
À l'avant-scène, côté cour, enlacés devant une fenêtre imaginaire, deux jeunes gens : Julien et Catherine.

CATHERINE

À quoi penses-tu ?

JULIEN

Je pense que je suis heureux. Je pense à ce bonheur si longtemps attendu et qui m'est tombé dessus au moment où je m'y attendais le moins. Il suffit de si peu de choses quelquefois.

CATHERINE

Tu crois au bonheur, toi ?

JULIEN

Plus que jamais. Évidemment, tu ne peux pas comprendre. Tu ne sais pas ce que c'est que se retrouver seul le soir en rentrant chez soi, sans famille, sans personne à qui parler, et tous les soirs pareils, toujours seul, toujours tout seul. La solitude ne fait rêver que ceux qui ne la connaissent pas. S'ils savaient, ils ne lui chanteraient pas tant de louanges. Rien ne vaut la chaleur d'un foyer.

CATHERINE

Tu crois ça ?

JULIEN

Je ne le crois pas, j'en suis sûr.

CATHERINE

Je me demande si tu n'es pas un peu naïf parfois.
Elle demande.
Penses-tu que nous serons toujours heureux ?

JULIEN

Bien sûr.

CATHERINE

Même lorsque nous serons vieux ?

JULIEN

Naturellement. Une vie, ce n'est pas trop pour s'aimer.

CATHERINE

Nous aurons des enfants ?

JULIEN

Naturellement. Les enfants les plus merveilleux du monde. Un jour, ils seront là, à notre place, enlacés comme nous en ce moment. Ils passeront leur temps à se dire qu'ils s'aiment. Ils imagineront découvrir le monde avec leur bonheur. Ce qu'ils ne sauront pas, c'est que nous l'avions découvert avant eux.

CATHERINE

C'est drôle, je vois déjà tout ça. Tu es assis dans ton fauteuil occupé à lire ton journal.

L'éclairage se réduit.

JULIEN

Erreur, je ne lis pas, je fais semblant. Je les observe du coin de l'œil.

CATHERINE, *gentiment.*

Tu n'as pas honte ?

JULIEN

Et toi ? Tu crois que je ne te vois pas faire semblant de tricoter ? Tu fais si peu attention que tu es en train de faire une emmanchure à une chaussette.

CATHERINE

Je ne tricote pas : j'ai horreur de ça.

JULIEN

Alors tu te vernis les ongles, c'est pareil. C'est même pire parce que tu en mets partout et ça tache.

Juliette renverse son flacon de vernis.

Tu ne pourrais pas faire attention ?

CATHERINE

Je n'ai pas fait exprès.

JULIEN

Encore heureux. C'est pour cela que je te dis que tu pourrais faire attention.

CATHERINE

Je suis désolée, mon chéri.

JULIEN

Ce que tu peux être maladroite !

CATHERINE

Tu ne vas tout de même pas me faire une scène pour un malheureux flacon de vernis renversé.

JULIEN

Nous en serons quittes pour un nettoyage complet du tapis. Et encore, si ça veut bien partir.

CATHERINE *a un gentil sourire.*

Mon pauvre chéri.
> *Elle l'embrasse. Il lui rend son sourire.*
> *Elle poursuit.*

Le vieux serviteur de la maison nous apporte le thé.

Georges, en livrée, tempes grisonnantes, apporte le thé à Henri et Juliette. Catherine et Julien observent la scène. Georges, tout en faisant son service, jette des coups d'œil furtifs en direction de Juliette.

JULIEN

Tu as vu comme il te regarde ? Il est amoureux de toi, ça ne fait aucun doute.

CATHERINE

Ne dis pas de bêtises. Nous n'avons jamais rien eu à lui reprocher et c'est un garçon qui fait très bien son travail.

JULIEN

L'un n'empêche pas l'autre. Non, mais regarde-le. S'il n'est pas amoureux, il est bourré de tics.

CATHERINE *rit.*

Ne sois pas méchant. C'est un brave homme.

JULIEN

C'est un brave homme amoureux. Ça existe, non ?

CATHERINE

Tu ne serais pas un peu jaloux par hasard ?

JULIEN

Jaloux ? Moi ? Tu plaisantes. D'ailleurs, si j'étais jaloux, il y a longtemps que je l'aurais fichu à la porte.

CATHERINE

Je ne vois vraiment pas pourquoi tu te serais séparé d'un serviteur qui fait si bien son travail et qui est un garçon consciencieux.

JULIEN

Exact. Sans compter que tu n'aurais pas manqué d'en profiter pour me faire des histoires.

CATHERINE

Est-ce que je t'ai déjà fait des histoires ?

JULIEN *la serre contre lui.*

Non. C'est vrai. Nous n'avons jamais eu d'histoires.
Puis se ravisant.

Enfin, juste ce qu'il faut pour avoir quelquefois une bonne raison de se réconcilier. C'est si bon de temps en temps.

Georges est sorti après avoir effectué son service.

JULIETTE

Eh bien les enfants, vous ne venez pas boire votre thé ?

CATHERINE

Tout de suite maman.

Ils vont s'asseoir sur le canapé.

JULIETTE, *à Henri, sans animosité.*

Tu pourrais peut-être laisser ton journal cinq minutes.

HENRI, *le repliant.*

Si je ne le lis pas quand j'ai un moment libre, je ne sais pas quand je le ferai.

JULIETTE

Tu n'as pas assez de temps au bureau ?

HENRI

Tu ne voudrais quand même pas que je lise « Le Monde » au bureau ? Tu oublies que je suis président-directeur général et qu'un président-directeur général digne de ce nom lit « Le Monde », mais qui ne se promène qu'avec « le Figaro ». Tout le monde sait cela.

JULIEN, *flatteur.*

Je vois qu'aucune ficelle ne vous échappe.

HENRI

C'est le métier mon vieux. Vous savez, la réussite tient à peu de choses. Si elle nécessite un peu de chance, elle dépend surtout à quelques ficelles bien tirées.

JULIEN

Elle demande peut-être aussi quelques qualités de fond ?

HENRI

Des qualités de fond ? Vous me faites rire. Ce qui importe, c'est moins ce qu'on fait que l'impression qu'on donne. L'expérience vous apprendra cela. L'indispensable est de procurer aux autres la sensation qu'ils ont face à eux, quelqu'un dont la qualité première est la faculté d'invention.

JULIEN

Ce n'est déjà pas si simple.

HENRI

C'est moins compliqué qu'il n'y paraît. Il faut inventer. Inventez quelque chose, n'importe quoi, mais inventez et le succès est au bout. Tenez, regardez les Américains. À quoi croyez-vous que leur serve la conquête de la lune ?

JULIEN, *pris au dépourvu.*

À en étudier les ressources et… toutes sortes de richesses dont nous pourrions tirer profit dans l'avenir.

HENRI

Vous n'y êtes pas du tout. Où avez-vous vu cela ?

JULIEN

Nombre de revues ont présenté des études à ce sujet.

HENRI, *triomphant.*

Nous y voilà. Cela sert à vendre des journaux.

JULIEN, *amusé.*

Dans ce cas, l'opération est quelque peu onéreuse.

HENRI

Le budget publicité est toujours celui qui coûte le plus dans une entreprise bien organisée, mais c'est aussi celui qui rapporte. Il y a d'ailleurs là une véritable mine qu'on n'a pas fini d'exploiter. Bientôt, ils organiseront des voyages qui vous permettront d'aller prendre votre café sur la Lune. Et savez-vous pourquoi ?

JULIEN, *un peu désemparé.*

Non.

HENRI

Pour vous vendre du café. Notez que je compte bien être de la fête. Je me prépare déjà à sucrer la lune dans quelques années.

JULIEN, *admiratif.*

Vous êtes toujours à la pointe du progrès.

HENRI

Et j'espère bien que vous le serez aussi lorsque vous aurez pris ma place.

Il ajoute très cérémonieux et un peu ridicule.

Car je compte sur vous pour perpétuer une œuvre entreprise voilà des années et à laquelle j'ai consacré toute ma vie, pour le plus grand bienfait de l'humanité et aussi des dentistes il faut bien en convenir.

JULIEN, *ému.*

J'espère être digne de votre confiance.

HENRI

Vous le serez, ne vous inquiétez pas. Vous êtes trop modeste, mais c'est un défaut dont se on se corrige assez bien. Je songe d'ailleurs à vous confier dès à présent une mission d'importance pour vous prouver à quel point je crois en vous. J'ai l'intention de vous nommer ministre du Protocole de la société des sucres Duval et Compagnie. Vous serez exclusivement attaché à ma personne et votre travail consistera plus spécialement à surveiller les travaux d'exécution de ma statue, en sucre, que le conseil d'administration a récemment décidé d'ériger place de la Concorde. Elle remplacera avantageusement cet obélisque qui ne rime pas à grand-chose, il faut bien le reconnaître, et qu'on déplacera je ne sais où, ce qui n'a d'ailleurs aucune importance. Quant à la place de la Concorde, elle s'appellera dorénavant place Concorde-Duval. Elle devait, à l'origine, s'appeler place du président-directeur général Duval, mais il y a quelques imbéciles qui ont manifesté pour qu'on maintienne le nom de Concorde. Ils y attachent, paraît-il, une certaine importance. On ne voit vraiment pas laquelle. Des anarchistes sans doute.

JULIEN

Les Français sont des veaux.

HENRI

Oui, mais il ne faut pas trop leur dire, ils croient qu'on les flatte.

Un temps.

*Ils prennent le thé. Le téléphone sonne.
Simultanément, la lumière devient tout à coup plus
franche. Henri se lève à contrecœur.*

HENRI

Merde. Quelle invention ce téléphone ! Jamais moyen d'être tranquille.
Il disparaît derrière un tulle noir au fond de la scène. On ne le voit plus qu'en transparence.

HENRI

Allô !... Oui, c'est moi... un coup fourré ? Quel coup fourré ?
Il crie.
Mais nom de Dieu de quoi se mêlent-ils ces Américains ?... Et Chancelle ? Quoi... ?... Écoutez, de deux choses l'une. Ou leur déroute est pire que nous l'espérions, ou c'est un coup monté, mais ils n'ont aucune chance de nous avoir. Nous allons leur montrer ce que nous savons faire... Venez me rejoindre. Nous allons examiner la situation ensemble et envisager les dispositions à prendre... À tout de suite. Je vous attends.
Il raccroche et revient en scène.
C'était Georges. Il était à la bourse où il se passe, paraît-il, des choses pas très claires. Les Américains rachèteraient les actions Chancelle en sous-main par l'intermédiaire des banquiers suisses. Ces imbéciles espèrent peut-être nous posséder.
Il s'apprête à sortir, mais se ravise.
Georges va venir, je l'attends dans mon bureau.
Il sort.

CATHERINE, *à Julien après un temps.*

Veux-tu que nous allions nous promener, mon chéri ?

JULIEN

Si cela te fait plaisir.
Ils se lèvent pour partir.

CATHERINE, *à Juliette.*

Nous ne serons pas longs. Nous allons juste faire une petite promenade, histoire de nous dégourdir les jambes.
Ils sortent.

JULIETTE *marmonne quand ils sont sortis.*

Se dégourdir les jambes, se dégourdir les jambes. Sous prétexte qu'ils sont amoureux, ils ont toujours les jambes engourdies. Ce serait plutôt la cervelle, oui.
L'éclairage diminue.
Elle demeure seule un moment, puis Georges paraît,
l'œil brillant et le visage dur à la fois.

GEORGES

Le lion est rentré dans sa cage ?
Il se frotte les mains.
Cette fois, il n'en sortira plus. Le piège a commencé à se refermer sur lui. Tout s'est exactement passé comme je l'avais prévu.

JULIETTE *lui saute au cou.*

Tu es sûr, mon chéri ? Ne crains-tu pas qu'il s'en sorte une fois de plus ?

GEORGES

Rien à craindre. Tout est au point. D'ailleurs, s'il y avait le moindre imprévu, comme c'est moi qu'il préviendra le premier, j'aurai tout loisir de prendre mes dispositions.

JULIETTE, *ravie.*

Crapule.

GEORGES, *même jeu, la prenant par la taille.*

Et toi ? Ton mari. L'homme à qui tu as juré fidélité jusqu'à la fin de tes jours. Tu es une drôle de salope quand même.

JULIETTE

Oui, mais moi ce n'est pas pareil. D'abord je suis une femme. Et puis il ne m'a jamais fait confiance. Tandis que toi, son conseiller, son ami, le seul à qui il se soit jamais fié… Tu es une belle ordure, tu sais.

GEORGES

Il en faut. D'ailleurs si ceux à qui l'on fait confiance ne trahissaient jamais, la vie serait trop facile. Et puis, bon Dieu, c'est vrai que je suis une crapule. Je ne peux quand même pas devenir subitement intègre. Ce serait malhonnête.

JULIETTE

Mon chéri. Nous allons enfin vivre.

GEORGES

Oui. Le cauchemar touche à sa fin. Le vieux lion agonise. Seulement, j'attends encore avant de lui donner le coup de grâce. Je tiens à lui faire payer la note intégrale. Je ne lui ferai pas cadeau d'un centime.

JULIETTE

Il est coriace, tu sais.

GEORGES, *dur.*

Pas assez pour moi. Londres, Paris, New York, toutes les bourses du monde sont à ma botte. Je n'ai qu'un ordre à donner et l'édifice qu'il a mis trente ans à édifier s'effondre comme un château de cartes.

Il poursuit, haineux.

Seulement avant, je veux le voir se traîner à mes pieds. Pendant des années, j'ai subi ses humeurs, ses caprices. Je suis resté dans l'ombre. J'ai vécu dans la crainte d'être viré comme un malpropre du jour au lendemain. Il était tout-puissant. D'un geste, d'un mot, il pouvait briser ma carrière. Et il n'a pas manqué de me le répéter.

Il singe Henri.

Je vous ai sorti de la mouise. Sans moi, vous ne seriez rien. Je vous ai entièrement fabriqué, n'est-ce pas ?

Son visage est plus dur que jamais.

Seulement dans tout ce que l'on fabrique, il y a toujours ce petit détail qu'on avait négligé et qui bouleverse le programme initial. On croit avoir inventé une nouvelle énergie pour remplacer l'électricité et on découvre la bombe atomique. Ça fait vingt siècles que les hommes font la même erreur et ils n'ont toujours pas compris. Les plus belles inventions ont toujours quelque chose de diabolique qui finit un jour ou l'autre par se retourner contre leurs auteurs. Seulement, personne ne veut le voir, personne ne veut le croire. On s'enferme dans son orgueil, on se croit intouchable et c'est là qu'on est le plus vulnérable, parce que justement on ne s'y attend pas. C'est le moment où les extrêmes se touchent, où le génie devient de la folie et personne n'y échappe. Lui non plus n'y échappera pas.

JULIETTE

Georges, tu me fais peur.

GEORGES

Tu crains pour lui ?

JULIETTE

Non, pour toi. Méfie-toi, c'est un malin. Il peut tout, il est capable de tout.

GEORGES

Plus maintenant. C'est un homme vidé, au bout du rouleau. Il ne peut plus rien. Mais je l'entends venir. Ouvre grand tes yeux et tes oreilles. Tu vas assister à la grande scène : celle que tout le monde attend avec impatience parce qu'à la fois, elle rassure et donne bonne conscience tout en satisfaisant les instincts les plus sadiques. Celle où le géant Goliath succombe tous les coups du petit David.

HENRI *entre.*

Ah ! Vous voilà Georges. Alors, qu'est-ce que c'est que cette histoire ?

GEORGES

Je suis venu vous arrêter.
Il sort un revolver et le met en joue.

HENRI

Qu'est-ce que c'est que cette plaisanterie ?

GEORGES

Il ne s'agit nullement de plaisanterie. Je suis navré d'avoir à vous l'apprendre aujourd'hui, mais le devoir m'oblige. J'appartiens de longue date au S. S. S. S.

Il présente une carte.

Service Secret de Surveillance du Sucre. J'étais chargé d'espionner tout spécialement vos activités et j'ai maintenant la preuve que vous trafiquez votre sucre.

HENRI

Mon sucre ? Mais c'est le meilleur sucre raffiné de France et même du monde. C'est reconnu par tous. Il est celui qui a la plus forte teneur en glucose.

GEORGES

Nous y voilà précisément. On vous reproche un excès de glucose.

HENRI

De glucose ? Pour du sucre, ça peut sembler normal.

GEORGES

Ne jouez pas au plus fin. On connaît la ficelle. On commence par le glucose, et puis c'est le sovkhoze, et le kolkhoze.

HENRI, *sidéré.*

Non, mais ça ne va pas mon vieux ?

GEORGES

Inutile de nier. Nous avons toutes les preuves. Il y a six mois, vous aviez tenté d'organiser une fusion avec les sucreries Chancelle.

HENRI

C'était d'un intérêt certain pour nos deux sociétés.

GEORGES

Vous n'ignorez pas que les sucreries Chancelle sont

essentiellement productrices de sucre de canne. Or qui produit de la canne à sucre sinon Cuba ?

HENRI

Vous déraillez, mon vieux. Vous croyez que les Cubains ne me le vendent pas assez cher, leur sucre ?

GEORGES

La question n'est pas là. Vous vous apprêtiez à racheter les sucreries Chancelle.

HENRI

Dans la conjoncture présente, j'étais le seul à pouvoir le faire.

GEORGES

Et au profit de qui ?

HENRI

Au profit de notre entreprise et de ses actionnaires bien sûr.

GEORGES

Je vois qu'on finasse toujours autant. Seulement à moi, on ne la fait pas. Je détiens des preuves accablantes contre vous.

Il tire un papier de sa poche.

J'ai ici la copie d'un contrat d'achat de canne à sucre à Cuba pour des millions de dollars, lequel est signé par votre propre secrétaire général.

HENRI

Mais c'est vous, mon secrétaire général.

GEORGES

C'était. Car vous comprenez bien que, compte tenu de la situation, je ne puis accepter de rester plus longtemps à votre service.

HENRI

C'est un peu fort. Un contrat que vous avez signé de votre propre main sans même m'en avertir. Vous ne m'en avez informé qu'ultérieurement.

GEORGES

Je pensais bien faire. Il n'en demeure pas moins que cet acte doit être considéré comme une haute trahison émanant d'un homme à la solde des communistes.

HENRI

Moi ? Communiste ? Mais je suis un des plus gros capitalistes du pays.

GEORGES

Et alors ? Je ne vois pas ce qu'il y a d'incompatible. Désolé, mais le devoir m'impose de vous arrêter.
Un temps.
Toutefois, compte tenu de nos nombreuses années de collaboration, je peux peut-être vous éviter l'humiliation d'être traduit devant la haute cour sucrière. Je ne devrais pas me laisser aller à cet accès de compassion, seulement je suis un sensible.

HENRI, *qui ne se défend plus, à présent.*

Que comptez-vous faire ?

GEORGES

Je propose de vous accorder une heure, le temps

de rédiger votre testament et de régler toutes autres affaires que vous pourriez avoir en cours. Après quoi, vous vous ferez sauter la caisse. Je dirais que je suis arrivé trop tard. On croira un ultime remords et votre honneur sera sauf.

Il dépose son revolver sur le guéridon

Voilà. Ce revolver est à votre disposition. Il y a six balles dans le barillet, mais vous n'êtes pas obligé de tout utiliser.

HENRI, *blanc comme un linge.*

Je suppose que je n'ai pas d'autre alternative.

GEORGES

Je ne pense pas. J'ai beaucoup réfléchi, je n'en vois guère. Notez que je vais encore réfléchir si j'entrevoyais autre chose, aujourd'hui, demain… je vous le dirai. Ah non ! Suis-je bête ? Ce sera évidemment trop tard. Enfin, je vous laisse. Je pense qu'il vaut mieux ne pas perdre de temps. Vous pouvez dire au revoir à votre femme.

Un silence. Henri et Juliette se font face sans trop savoir que dire.

JULIETTE *se décide soudain.*

Adieu mon chéri. C'est bête quand même de devoir se quitter comme ça. Quand je pense que demain tu ne seras plus là, qu'il va falloir s'occuper des formalités de ton enterrement et tout le bastringue… Ça me fait tout drôle… Enfin, c'est la vie. Tu sais, on dit toujours que le plus dur est pour ceux qui restent. Je crois que c'est un peu vrai. La vie va être très pénible pour moi maintenant. C'est dur d'être veuve à quarante ans.

HENRI *rectifie.*

Quarante-huit.

JULIETTE

Ne chipote pas. Pour moi, tout cela n'a plus d'importance maintenant. Je crois que je vais être très triste, tu sais.

GEORGES

N'ayez aucune crainte. Votre femme ne restera pas seule, je m'occuperai d'elle. Oh ! Ne me remerciez pas, c'est tout à fait normal. Je n'oublie pas tout ce que vous avez fait pour moi.

JULIETTE

Tu devrais peut-être y aller, mon chéri. Le temps passe vite.
Elle s'approche d'Henri et lui glisse un baiser furtif.
Adieu. Je ne t'en veux pas, tu sais. Tu as été un époux merveilleux malgré tout. Je garderai sûrement un bon souvenir de toi.

HENRI *complètement abattu.*

Merci.
Il va sortir.

JULIETTE *le rappelle.*

Tu oublies ton revolver.
*Henri vient le rechercher
puis repart de sa démarche lourde.*

GEORGES, *au moment où il va sortir.*

Visez bien la tempe. Parce que des fois, on ne fait pas attention, on se précipite et puis on se fait mal.
Henri est sorti.

JULIETTE

Pauvre homme. J'ai l'impression que ça lui en a fichu un coup.

Elle se tourne vers Georges, toute guillerette soudain.

Oh ! Mon amour, mon chéri, mon tout petit. Serre-moi dans tes bras. Fort, très fort. Comme nous allons nous aimer tous les deux. Ah ! qu'il est bon de se retrouver ainsi l'un contre l'autre, de sentir nos deux corps s'épouser si parfaitement, de respirer l'amour ensemble sans même avoir rien à se dire.

Un temps, elle demande.

Tu te souviens de la première fois que tu m'as prise dans tes bras ? Tes mains tremblaient. Tu étais tout pâle sans qu'on sache si c'était d'émotion ou de crainte qu'on nous surprenne. Nous dansions tous les deux sur une valse un peu lente et quand, en tournant la tête, nos lèvres se sont effleurées, tu as dit pardon, bêtement, comme si tu craignais que je ne m'en sois pas aperçu. Tu étais un drôle de filou tout de même. Et par la suite, combien de fois avons-nous dansé ensemble ? Mais c'était toujours pour moi notre première danse. Nous terminions nos soirées épuisés. Alors, nous allions nous asseoir sur un canapé et tu me couvrais de baisers, tu me disais des mots tendres.

Ils sont allés s'asseoir sur le canapé.

Qu'est-ce que tu disais comme bêtise, entre parenthèses. Mais ça ne fait rien, je trouvais ça bon. Tu m'appelais ta petite religieuse au chocolat et tu disais que tu allais me dévorer. Ta petite religieuse. Ça ne fait rien, tu avais de ces mots ! C'est fou ce qu'on peut dire comme sottises quand on est amoureux. Dans le fond, c'est ça l'amour. On se retrouve à deux, sur un pied d'égalité : on est beaux et idiots. Ah ! Embrasse-moi comme autrefois. Embrasse-moi, mon chéri.

Elle lui tend ses lèvres tendrement, mais s'arrête.

Ferme les yeux, voyons, sinon tu louches.

Georges exécute tel un automate puis se fait plus tendre. Long baiser interrompu par le noir. Quand la lumière revient, toujours diffuse, dans la même position, ce n'est plus Juliette, mais Catherine qui est dans les bras de Georges.

GEORGES

Combien de temps ai-je attendu ce jour ? J'ai cru mourir en ne le voyant pas venir. Ma chérie. Pourquoi tout ce temps perdu ? Pourquoi a-t-il fallu que ce soit aussi long ?

CATHERINE

Et moi ? Sais-tu ce que j'ai souffert ?

GEORGES

Tu me repoussais, tu me dédaignais, tu refusais mes avances.

CATHERINE

Je ne pouvais pas y répondre. Tu n'aurais pas voulu que je me prostitue, même pour toi ?

GEORGES

Malgré tout. Pas un sourire, pas un regard, rien qui me laisse entrevoir le plus petit espoir de conquérir ton cœur. Comment as-tu pu être aussi cruelle ?

CATHERINE

Pouvais-je seulement penser qu'un jour tu me tendrais la main ? J'espérais secrètement, mais sans jamais y croire. Ç'aurait été trop beau. C'était impossible. Parfois, je rêvais, je m'imaginais dans tes bras, mais je me disais : non, tu ne l'intéresses pas. Alors je chassais cette idée, je la chassais loin, mais elle revenait sans cesse. C'est pour cela que je fuyais ton regard. Parce que chaque fois qu'il croisait le mien, il rallumait en moi une lueur d'espoir qu'il me fallait éteindre en m'écorchant le cœur. Ah ! Mon chéri, tu ne sauras jamais ce que j'ai souffert en t'attendant.

GEORGES *la serre dans ses bras.*

Mon amour. Pourquoi faut-il toujours que nous pleurions pour pouvoir mieux rire ?

Un temps.

Tu ne m'as quand même pas ménagé, tu le reconnaîtras. Tu m'imposais à chaque instant la vue de ce type qui te serrait dans ses bras. Je vous ai souvent observés, tu sais. Je vous voyais rire ensemble. Il te parlait à l'oreille et tu riais plus fort. Il posait ses grosses mains sur toi et tu le laissais faire.

CATHERINE, *pour se justifier.*

Nous étions fiancés.

GEORGES

Ce n'était pas une raison. Les fiançailles ne sont pas une école de dermatologie.

CATHERINE, *gentiment.*

Mon chéri.

GEORGES

Tu ne vas quand même pas me dire que tu ne l'aimais pas ?

CATHERINE

Je ne l'aimais pas.

GEORGES

Alors pourquoi ? Pourquoi me l'avoir laissé croire ?... Pourquoi m'avoir imposé sa vue continuellement ? La vue de ses caresses, de son sourire niais, de ses baisers. C'était indécent.

CATHERINE

Peut-être pour te rendre jaloux. Je vois, d'ailleurs, que ça n'a pas trop mal réussi. C'est le seul moyen que j'ai trouvé pour attirer ton attention. Je souffrais tellement de ne pas oser t'approcher. La vie est ainsi faite qu'on cherche toujours à détruire ce à quoi on tient le plus.

GEORGES

Bon Dieu que c'est compliqué !

CATHERINE

Oui, c'est compliqué. Pourtant, un jour, tout devient limpide. Mais ces jours-là sont rares et c'est pour cela qu'ils sont encore meilleurs.

GEORGES

Ah ! Catherine, mon amour. Je me sens tout petit d'un seul coup avec toi. Je croyais tout savoir, tout connaître. Je croyais avoir vécu et je découvre subitement l'étendue de mon ignorance. Je découvre la vie et j'ai peine à croire que c'est cela, tellement c'est loin des tourments endurés. J'ai l'impression d'être un enfant, bien que je me sente intrépide. Je suis comme le nouveau-né dans son berceau, tout neuf et tout propre. ! Areuh ! Areuh !
Il s'arrête soudain, prenant conscience de son ridicule.
J'ai l'air d'un con moi, en ce moment.
*Il se lève, brusquement plein d'enthousiasme,
entraînant Catherine.*

Ah ! Bon Dieu ça ne fait rien. La vie est belle, ne risquons pas de la gâcher. Si on devait passer son temps à s'analyser, on en crèverait du ridicule. Mon trésor, mon tout petit trésor ! Demain, tu seras MA femme, MA petite femme. Nous irons à l'église et le curé nous enchaînera pour toujours.

CATHERINE

Dis donc, tu t'embourgeoises, semble-t-il.

GEORGES, *piqué.*

Sûrement pas. Les bourgeois se marient par tradition, nous, c'est parce que nous nous aimons.
Ils entreprennent une marche triomphale sur l'air de la marche nuptiale.
Nous sortirons de l'église sous un soleil radieux au nez et à la barbe de tous ces cochons qui crèveront de jalousie devant notre bonheur et qui, pour se venger, viendront se bâfrer comme des porcs à notre repas de noces. Le soir, alors qu'ils seront tous ivres, nous nous éclipserons discrètement pour nous retrouver enfin tous les deux, rien que nous deux, chez nous.
Arrivés sur un côté de la scène, ils se retournent et, comme s'ils entraient, Georges désigne la pièce à Catherine.
Voilà, tu es chez toi, tu es chez nous et tu es à moi.
Il la serre dans ses bras.
Ah ! Que je t'embrasse !
Il est brutal, bestial.
Encore, encore.
Puis plus calme.
C'est fou ce que l'on peut changer tout à coup. On croit se connaître et, soudainement, on s'aperçoit qu'on s'était complètement trompé. On se découvre, après s'être

cherché pendant des années. C'est vrai que je suis devenu un bourgeois, mais après tout ce n'est pas un mal. Au fond, la vie est un jeu de hasard. C'est un peu comme les courses. Au début, on joue en espérant gagner, ensuite, on le fait par habitude, et puis le jour où l'on n'espère plus rien, au moment où l'on s'y attend le moins, on touche le plus gros tiercé de l'année. Heureux si l'on n'a pas jeté son ticket. Tu y comprends quelque chose toi ?

CATHERINE

Non.

GEORGES

Dans le fond, il n'y a rien à comprendre. On cherche toujours à comprendre, c'est parfaitement inutile. D'ailleurs, moins on comprend, plus on est content. Il n'y a que dans le théâtre d'avant-garde qu'ils ont réalisé cela.

Un temps.

Viens, entrons au paradis. Tout va être merveilleux maintenant.

Ils se sont avancés dans la pièce et se font face.
Georges prend la tête de Catherine dans ses mains.

Tu es belle, tu sais. Plus belle que les belles. Tu es une religieuse au chocolat et je sens que je ne vais pas tarder à te dévorer.

Il l'embrasse goulûment.

Aller. Cours te préparer. À tout de suite mon petit oiseau. Je t'attends.

Elle sort. Il la regarde partir avec tendresse. Il demeure un instant immobile puis va se vautrer dans le canapé, goûtant le plaisir de son confort nouveau. Après un temps assez long, interrompant sa rêverie, il demande.

Tu es bientôt prête ?

Voix de CATHERINE

Tout de suite mon chéri.

GEORGES *sourit.*

Ah ! Les femmes. Toutes les mêmes. Pas une pour racheter l'autre. Et l'on a beau savoir qu'elles vont nous ronger jusqu'au trognon, on se laisse quand même prendre.
L'éclairage diminue encore, surtout du côté de Georges qui est maintenant dans l'ombre.
Tu en mets un temps, dis donc ?

Voix de **CATHERINE**

J'arrive. Ferme les yeux, mon chéri.

Elle entre. On la distingue assez mal dans l'ombre. Elle vient s'asseoir à côté de lui. Ils s'embrassent tendrement comme au début de la scène. Quand le baiser s'achève, la lumière augmente et l'on s'aperçoit que c'est Juliette qui est dans les bras de Georges. La voyant, il a un mouvement de recul.

GEORGES

Ah !

JULIETTE, *souriante, mais qui ne comprend pas.*

Eh bien quoi ? Qu'est-ce qui te prend ?

GEORGES

Rien.

JULIETTE

Pourquoi ce cri ?

GEORGES

Pour rien...
Il a le réflexe de frotter sa jambe.
Je me suis cogné contre la table.

JULIETTE

Ah ! Ah ! Ça t'apprendra d'essayer me faire du pied.

Voix de **HENRI**, *au loin.*

Georges n'est pas encore arrivé ?

JULIETTE, *furieuse.*

Zut. Encore lui.

> *Georges se dresse subitement.*
> *De nouveau, plein éclairage.*

HENRI *paraît.*

Ah ! Vous êtes là. Je commençais à m'impatienter.

GEORGES

J'arrive à l'instant. C'est fou les encombrements dans Paris. Les gens gagnent trop d'argent. Tout le monde roule avec sa voiture personnelle.

HENRI

Hélas ! Heureusement qu'il y a les syndicats pour nous donner un coup de main de temps en temps. Ils déclenchent une grève de six semaines pour ne rien obtenir. Après quoi, tout le monde se remet au travail, les choses rentrent dans l'ordre, et ça fait six semaines de salaires économisées.

> *Il demande.*

Alors, où en est la bourse ?

GEORGES

On ne sait pas trop. Les actions Chancelle ont brusquement monté sous la pression des banques suisses, mais fort heureusement, ça s'est un peu stabilisé. Chancelle a cru que les choses allaient s'arranger et il n'a pas voulu lâcher le paquet. Il faudra toutefois se méfier les jours prochains.

HENRI

J'ai mon idée à ce sujet. Mais si vous le voulez bien, passons dans mon bureau. Nous allons mettre au point notre stratégie ensemble. Vous allez voir comment nous allons les posséder.

Il a entraîné Georges avec lui.

JULIETTE, *demeurée seule, le singe.*

Vous allez voir comment nous allons les posséder... Attends un peu d'en être sûr. Cocu !

RIDEAU

TROISIÈME ACTE

Même décor. Julien et Catherine sont seuls en scène.

JULIEN, *gentiment.*

Quel bonheur de se retrouver enfin seuls !

CATHERINE *sourit.*

Je croyais que tu redoutais la solitude.

JULIEN

Avec toi, ce n'est pas pareil.

CATHERINE

Tu commences à en revenir de la famille, hein ? La chaleur du cocon familial, sa douceur, le sourire sur toutes les figures, tu perçois ce que cela a d'artificiel sans commune mesure avec la réalité.

JULIEN

Pourquoi dis-tu cela ?

CATHERINE, *grave.*

Parce que c'est la vérité. Parce que toutes les idées que tu t'es faites à ce sujet sont fausses. La famille n'est qu'une chimère. Est-ce que seulement l'amour existe ? Tout cela n'est-il pas littérature de mauvais écrivains qui vous dorent la pilule pour vendre leurs torchons et toucher dix pour cent ? Avec ça, ils se donnent l'air d'y croire à leurs niaiseries. Pour un peu, on les croirait heureux.

JULIEN

Ils le sont peut-être. Ils l'ont peut-être trouvé, eux, le bonheur.

CATHERINE

Naïf ! Si seulement il existait. Mais comment pourrait-il le trouver ? Le bonheur n'existe pas. D'ailleurs, s'ils en parlent avec autant de conviction, c'est pour se venger. Se venger d'y avoir cru et s'être laissés berner. Alors, à leur tour de piéger les autres. Le pire est que ça marche. Ça se vend comme des petits pains leurs insanités. On en fait même des bandes dessinées. On les fait lire aux gosses. Pas étonnant qu'après ils ne pensent qu'à se révolter quand ils réalisent.

JULIEN *sourit.*

Tu ne voudrais quand même pas qu'on leur donne à lire des histoires macabres ?

CATHERINE

Pourquoi pas ? Est-ce que la vie n'est pas macabre ?

JULIEN

Non ! Et quand bien même ? Crois-tu que ce serait une raison ?

CATHERINE

Tu penses qu'il est mieux de mentir ?

JULIEN

Disons que ça dépend pourquoi ?

CATHERINE

On ment pour tout. Pour tout et rien. On ment tout le temps. Une véritable routine. C'est la peur qui nous gouverne, la peur de la vérité que tout le monde évite de regarder en face.

JULIEN

Tu es sinistre ce soir.

CATHERINE

J'étouffe. Je ne peux plus respirer. Je manque d'air et j'en ai tellement besoin.

JULIEN *plaisante.*

Je peux ouvrir la fenêtre si tu veux.

CATHERINE, *grave.*

Ne fais pas semblant de ne pas comprendre.
Elle ajoute tout doucement.
Je t'aime Julien. J'ai peur de te perdre. Tu es si pur, si beau alors que je me sens si laide.

JULIEN, *sourire en coin.*

Tu sais, j'en connais qui ne feraient pas tellement d'histoires pour embrasser une horreur comme toi.
Il l'embrasse.

CATHERINE

Ne ris pas. Je parle sérieusement, tu sais. Quand j'étais petite, moi aussi je croyais au bonheur.

JULIEN

Tu es même flatteuse, dis donc.

CATHERINE

Je ne me moque pas Julien, mais tu es parfois si naïf que ça me fait mal d'en profiter. Les circonstances ont voulu que je mûrisse peut-être plus vite que les autres enfants, mais je n'en tire aucune vanité. Je n'ai aucun mérite. Moi aussi, j'ai cru à l'amour. Moi aussi, j'ai cru au bonheur. J'étais une enfant gâtée et je n'avais rien à envier aux autres. Il me suffisait de demander pour être aussitôt satisfaite. Chaque fois qu'une camarade avait une nouvelle poupée, j'avais la même le lendemain. Tout le monde passait son temps à m'embrasser, à me faire des compliments parce que j'étais mignonne et bien élevée. Les femmes me caressaient les cheveux et les hommes me faisaient des risettes.

Un temps. Elle ajoute, honteuse et un peu ridicule.

Quand je pense au nombre d'hommes qui m'ont touchée.

JULIEN

N'exagérons rien. On peut faire risette à une fillette sans avoir pour cela des idées scabreuses.

CATHERINE

J'étais heureuse et croyais pouvoir l'être éternellement. Mon père et ma mère ne se sont jamais fait de scènes devant moi. Au moins lorsque j'étais toute gosse. Je croyais qu'ils s'aimaient. Ils étaient à mes yeux un couple sans histoires, un couple heureux. En fait, il y avait entre eux la plus grande indifférence. C'est pour ça qu'ils ne se chamaillaient même pas. Peut-être aussi pour me préserver.

Et puis un jour, arrivant à l'improviste, j'ai trouvé ma mère dans les bras de Georges. Toutes leurs tentatives pour tenter de se justifier n'ont pas pu me convaincre. J'avais compris. Je me suis enfuie dans ma chambre où je me suis enfermée. J'ai pleuré tout l'après-midi. J'ai pleuré surtout en pensant à mon père. J'étais décidément pleine d'illusions ou complètement stupide. Je le voyais victime, trompé, bafoué. En fait, il était au courant depuis longtemps et même consentant. Si lui n'avait pas de maîtresse, c'est qu'il était bien trop égoïste pour cela. C'était une charge qu'il voulait s'éviter. Sa maîtresse à lui, c'étaient ses affaires. Il ne couchait pas avec des femmes, il couchait avec lui-même, avec son égoïsme.

JULIEN, *tendrement.*

Pourquoi me racontes-tu cela ?

CATHERINE

Peut-être parce que je me sens comme eux, égoïste moi aussi. Et ce fardeau trop lourd à porter, je m'en décharge.

Elle continue son récit.

Par la suite, le mépris a remplacé l'indifférence chez eux et, s'ils ne se sont jamais décidés à faire chambre à part, c'est parce qu'il n'y a qu'en dormant dans le même lit qu'ils pouvaient se tourner le dos. J'ai honte, Julien. J'ai honte pour eux.

JULIEN

Je ne vois pas de quoi. Tu n'es pour rien dans leur histoire.

CATHERINE

Tu n'as pas encore compris ? Je t'aime, mon chéri.

Toi au moins, tu n'es pas comme nous. Tu es propre, innocent, mais moi je suis de la même cuvée. J'ai leur sang dans les veines.

JULIEN, *ferme.*

Tais-toi ! Tu dis des bêtises.

CATHERINE, *sans haine.*

Tu as peur, hein ? Tu commences à voir clair.

JULIEN

Je vois surtout que tu dérailles. Tu n'as rien à faire dans tout cela. Les enfants ne sont pas responsables de la conduite des parents. Ce serait le monde à l'envers.

CATHERINE

Tu blasphèmes, Julien. Et le péché originel, qu'en fais-tu ?

JULIEN

Ça n'a rien à voir. Et puis on a payé pour ça. On ne va quand même pas endosser tous les péchés de la terre.

CATHERINE

Quand on est complice ? Si !
Un temps.
Or moi, j'ai été complice. Une fois le premier réflexe passé, celui de la révolte, j'ai tout accepté. J'ai continué à embrasser ma mère et à l'appeler maman. J'ai continué à accepter les risettes de Georges, tout cela comme si de rien n'était, comme si tout était normal et l'avait toujours été.

JULIEN

Étant donné l'âge que tu avais, je ne vois pas ce que tu

aurais pu faire d'autres. À part prendre une paire de claques.

CATHERINE *crie, cocasse et ridicule.*

C'est justement. Je me suis laissée corrompre pour éviter une paire de claques.

JULIEN *éclate de rire.*

Ma pauvre fille, tu es complètement idiote.
Il arpente la scène les deux mains dans les poches, tout à fait détendu.
C'est bien ma veine ! La première fille dont je tombe amoureux est idiote. Et comme je dois être à peu près aussi idiot qu'elle, je la demande en mariage. Nous aurons des enfants idiots ma chérie, cela ne fait aucun doute. Ce qu'on peut être conservateur en France.

CATHERINE *demande, au bord du désespoir.*

Tu m'aimes ?

JULIEN *la prend par la taille.*

Moi ? Pas du tout.

CATHERINE

Je parle sérieusement, tu sais.

JULIEN

Mais moi aussi.
Catherine baisse la tête. Il la serre dans ses bras.
Grande sotte. Tu sais bien que je n'aime que toi.

CATHERINE

Tu ne dis pas cela pour me faire plaisir ?

JULIEN

Je dis cela pour ME faire plaisir. Tu vois, moi aussi je suis égoïste.

Il l'embrasse sur le front.

CATHERINE

Tu crois qu'on sera heureux un jour ?

JULIEN

Pas un jour. Toujours.

CATHERINE

Mon chéri. S'il n'y avait que nous deux. Rien que nous deux.

JULIEN

C'est cela. Je serais Président de la République et tu serais Premier ministre.

CATHERINE

Tu prends toujours tout à la blague. Tu as tort, tu sais.

JULIEN

Avec les femmes, on a toujours tort.

CATHERINE

Si nous partions mon chéri. Partons tous les deux, loin, très loin pour ne plus les voir.

JULIEN

Tu sais, le monde est petit. Et puis, loin ou pas, ce n'est

pas ce qui changera les choses. Ce sera toujours toi et moi, ce sera toujours nous.

CATHERINE

Non. Partons pour les oublier. Partons pour ne plus les voir. Partons avant de devenir comme eux. Viens, partons avant qu'il ne soit trop tard.

JULIEN

Ne t'énerve pas. Nous sommes bien tous les deux. Qu'importe les autres.

CATHERINE *demande comme une petite fille.*

Tu crois qu'on ne sera jamais comme eux ?

JULIEN

Non, mon amour. Nous, ce n'est pas pareil.

CATHERINE, *tout doucement.*

J'ai peur, Julien.

JULIEN

Ne crains rien, je suis là.
Elle va dire quelque chose, mais...

JULIEN *la coupe.*

Non, ne parle pas. Ne dis plus rien. C'est ça qui nous fait mal. C'est de toujours trop parler. Les choses seraient tellement plus simples si on parlait moins.
Il la serre dans ses bras et l'embrasse. Ils restent silencieux.
Entrent Henri et Georges en grande discussion.

HENRI

Mais bon sang, ce n'est pas possible. La situation de Chancelle et catastrophique, tout le monde le sait. Il n'y a d'ailleurs pas besoin d'être grand clerc pour s'en apercevoir.

GEORGES

Chancelle tout seul ne serait rien. Seulement, il y a les Américains derrière.

HENRI, *hors de lui.*

Les Américains, les Américains, vous me faites rire avec vos Américains. Il n'y a pas tellement longtemps, ils étaient encore des sauvages alors pardon, ce ne sont quand même pas eux qui vont nous donner des leçons. La vieille Europe avec tout ce qu'elle a de rétrograde a quand même fait ses preuves. Parce que nous, il y a belle lurette que nous avions dépassé les châteaux forts qu'ils en étaient encore aux bungalows ou aux tipis. Et puis il ne faudrait quand même pas oublier que s'ils ont inventé le revolver à six coups, c'est parce qu'avant nous avions inventé la poudre. Tiens j'aurais voulu qu'on ne l'invente pas la poudre. Ils auraient eu l'air malins avec leur revolver à six coups.

GEORGES

Il dispose de moyens énormes. Le dollar est plus solide que jamais.

HENRI

Le dollar, le dollar…

GEORGES, *réaliste.*

Si le public répond à leur offre d'achat, la situation risque d'être difficile.

HENRI

Nous y répondrons à leur O. P. A. Depuis trente ans, j'ai fait face à toutes les situations, même les plus périlleuses, alors ce n'est pas aujourd'hui qu'ils vont me posséder.

GEORGES

Que comptez-vous faire ?

HENRI

Je ne sais pas encore. C'est d'ailleurs ce qui fait ma force. Vos Américains passent leur temps à tout prévoir, ils calculent toutes leurs actions, seulement par le fait même tout le monde les voit venir. Tandis que ce que je vais faire moi, étant donné que je n'en ai aucune idée, ils ne peuvent pas le savoir non plus. C'est mathématique. C'est comme ça que je les aurai. Par surprise. D'ailleurs, les Américains se sont toujours laissés prendre par surprise. Même Pearl Harbor ne leur a pas servi de leçon. Ils ont la force, d'accord, mais pas la stratégie. Or, la force sans la stratégie c'est comme un moteur sans essence.

Il rêve.

Ce qui fait notre force, à nous Français, c'est que nous sommes des stratèges. Et notre stratégie a toujours consisté à ne rien prévoir et à tout laisser à l'inspiration du moment. C'est ça le génie. Rappelez-vous la Seconde Guerre mondiale. Nous n'avions rien prévu et nous avons gagné quand même.

GEORGES, *objectif.*

Malgré tout, les Américains…

HENRI *le coupe.*

Quoi, les Américains ? Ils nous ont peut-être un peu

aidés, mais uniquement parce que c'était leur intérêt. Et puis non d'un chien, l'appel du 18 juin, ce n'était pas rien. Je sais, avec votre mauvais esprit, vous allez me dire que ce n'était qu'un discours, mais en France les discours ça compte. Des mots, toujours des mots, c'est avec ça qu'on touche le paysan. Parce que lui, de toute façon, il ne trouve jamais rien à répondre. Notre arme c'est l'éloquence. C'est un vieux truc, peut-être, mais au moins, il est efficace. Dites-vous bien que pour réussir dans la vie il n'y a qu'un secret : il faut avoir une grande gueule.

Le téléphone sonne.

HENRI

Ah ! La barbe. Encore ce maudit téléphone !
Il sort furieux derrière le rideau du fond. On ne le voit plus que par transparence. On l'entend hurler.
Allô !…

Puis, subitement radouci.

Ah ! C'est vous Monsieur le Ministre… Non, vous ne me dérangez pas, bien sûr.
La conversation doit se poursuivre, mais on ne l'entend plus. Pendant qu'il parlait avec Georges, Julien et Catherine se sont installés dans le canapé. Georges, les deux mains dans les poches, feint une décontraction totale. Son regard tombe sur Julien et Catherine. Son masque se durcit. Furieux il marmonne.

GEORGES

C'est ça, roucoule mon vieux, roucoule. Profites-en, ça ne durera pas. Les sourires et les mots doux ne durent qu'un temps. Ils annoncent déjà un cocuage en bonne voie.
Il va s'asseoir dans un fauteuil et commence à lire un journal qu'il a ramassé sur le guéridon.

JULIEN, *après un temps.*

Tu crois que la situation est si grave que ça pour ton père ?

CATHERINE

Ne t'inquiète pas pour lui, il s'en tirera toujours. Il se tire toujours de tout.

JULIEN

Si les Américains réussissent leur O. P. A.

CATHERINE

Il s'en sortira malgré tout. Le contraire serait trop moral.

JULIEN

Catherine, c'est ton père. Tu ne lui souhaites quand même pas… ?

CATHERINE, *dure.*

Je ne lui souhaite rien. Ni de gagner ni de perdre. Chacun ses affaires : c'est lui qui me l'a appris. Je ne peux pas endosser les malheurs de tout le monde. Je ne m'en sens vraiment pas la force.

JULIEN

Catherine, il ne faut pas être égoïste.

CATHERINE

Tu crois qu'ils ne le sont pas, tous ? Ils se fichent bien de notre bonheur à nous. Et lui en particulier. C'est le cadet de ses soucis. Alors il faut bien que nous nous en occupions nous-mêmes. En amour, les O. P. A. ne manquent pas, tu sais.

JULIEN, *tendre.*

Tu es laide quand tu parles ainsi, mais je t'aime malgré tout.

Un temps.

CATHERINE *demande.*

Tu parles toujours du bonheur, mais sais-tu seulement ce que c'est ?

JULIEN

On imagine toujours beaucoup de choses compliquées à son sujet, mais c'est assez simple en fin de compte. C'est fait de toutes petites choses très ordinaires. Attends, je vais essayer de t'expliquer.

L'éclairage diminue.
Henri revient l'air complètement abattu.

HENRI

C'était le ministre des Finances. Tous les petits épargnants se sont précipités à la bourse pour vendre leurs actions que les Américains ont rachetées. Ils détiennent maintenant plus de la moitié du capital. Dans huit jours, ils convoqueront une assemblée générale extraordinaire au cours de laquelle ils éliront un nouveau président-directeur général.

Il se laisse choir dans un fauteuil.
Trente ans de travail. Trente ans pour finir ainsi.

CATHERINE, *à Julien.*

Tu appelles ça le bonheur, toi ?

JULIEN

Attends, ce n'est pas fini. Seulement le bonheur, ça commence toujours par des catastrophes.

GEORGES, *abandonnant son journal.*

Il ne faut pas vous laisser démoraliser comme ça, patron. Ça finira bien par s'arranger.

CATHERINE

Pourquoi l'appelle-t-il patron ? Il ne l'appelle jamais ainsi.

JULIEN

Oui, mais la situation est exceptionnelle.

HENRI

On espère toujours que les choses vont s'arranger, mais ce n'est qu'illusion. Toute une vie foutue, une vie pour rien.

CATHERINE *se jette au cou de son père.*

Papa, mon pauvre Papa. Ce n'est pas vrai ? Tout n'est pas fichu ? Tu peux encore tout recommencer ?

HENRI, *s'efforçant de sourire,*
lui caresse les cheveux.

Tu es une bonne fille. Je ne me suis jamais tellement occupé de toi, mais les affaires, tu sais…

CATHERINE

Je ne te reproche rien, Papa. Je sais que tu as fait ton possible. Tu ne pouvais pas tout négliger pour moi.

HENRI

Je t'aime bien, tu sais.

CATHERINE

Je sais, Papa. Je t'aime bien, moi aussi.

HENRI

Le malheur veut que ce n'est que lorsque les catastrophes arrivent qu'on s'aperçoit qu'on était heureux. Quand on tient le bonheur, on n'en profite pas. Cela nous paraît tellement normal. Tu vas te marier, tu as ta chance d'être heureuse, profites-en, ne la laisse pas filer, elle ne repassera probablement pas deux fois.

À Julien.

Vous aussi, vous tenez le bonheur. Ne le gaspillez pas. Il est trop rare.

JULIEN, *empressé.*

J'aurais aimé pouvoir vous aider…

HENRI

N'en faites rien. Pensez déjà à être heureux vous-même. Occupez-vous de votre femme, ce sera déjà beaucoup. Pour le reste, laissez tomber. Il faut éviter de disperser ses forces.

Catherine s'est dressée au côté de Julien qui l'enlace. Ils forment un couple touchant.

JULIEN, *doucement, à Catherine.*

Tu vois, tout est déjà arrangé entre vous.

HENRI

Et vous, Georges ? Qu'allez-vous devenir ?

GEORGES

Je ne sais pas encore. Cela n'a d'ailleurs pas tellement d'importance. Je suis arrivé trop vite. Et uniquement grâce à vous d'ailleurs. J'ai manqué des portes en faisant mon slalom. J'espérais que personne ne s'en serait aperçu. Maintenant, je dois recommencer le parcours. On a tort de tricher. J'aurais aimé pouvoir faire quelque chose pour vous, moi aussi, ayant conscience de n'avoir pas toujours été réglo malgré tout ce que je vous dois.

HENRI

Ne parlons pas du passé. À quoi servirait de remuer tout cela maintenant ? D'ailleurs, il y avait aussi de ma faute.

Un long silence. Ils sont là, sans trop savoir que dire. Entre Juliette, en grande toilette, revêtue d'un manteau de vison, visiblement furieuse.

JULIETTE, *ôtant son manteau.*

J'ai entendu les informations dans le taxi. Il paraît que l'offre publique d'achat des Américains a réussi.

À Henri.

Je te félicite. De quoi vais-je avoir l'air maintenant ? J'ai rencontré la mère Brinuche il y a moins d'une heure, elle ne se sentait déjà plus.

Elle singe.

Ma pauvre amie. Il paraît que les affaires de votre mari ne vont pas très bien. C'est étonnant. Aglibert me disait encore hier : on ne comprend pas. Ce pauvre Duval a l'air d'avoir des difficultés. Pourtant il semblait que sa situation était solide.

Furieuse.

Aglibert ! D'abord, il ne faut pas être très malin pour se prénommer ainsi. Seulement moi, pour la faire bisquer, je lui dis que tout va pour le mieux, qu'il n'y a rien à craindre, que tu es maître de la situation. Je suis même allée jusqu'à lui dire que tu avais le soutien du ministre des Finances. Tu aurais vu comme elle s'est mise à loucher d'un seul coup. Même son pékinois n'en revenait pas. Il hurlait à la mort. Seulement, quand elle va savoir la vérité, de quoi vais-je avoir l'air ? Tout ça à cause de toi, comme d'habitude.

CATHERINE, *à Julien.*

C'est ça ton bonheur ?

JULIEN, *un peu dérouté.*

Attends, ce n'est pas fini. Tout doit encore pouvoir s'arranger.

JULIETTE

Décidément, tu n'auras jamais fait que des impairs dans ta vie. Il n'y a qu'une chose que tu auras réussie, c'est à emmerder tout le monde. Moi en particulier. Pour cela, tu étais très fort. L'amour, n'en parlons pas, l'affaire est classée depuis déjà pas mal de temps. La vie de famille, le foyer, tout cela était subordonné à tes affaires bien entendu. Seulement en affaires, tu t'es cassé la gueule aussi.

HENRI, *piteux.*

J'ai fait ce que j'ai pu.

JULIETTE

Il faut croire que tu n'étais pas capable de grand-chose. Et c'est encore moi qui en subis les conséquences. Et en plus de ça, tu as l'air de t'en foutre. Il ne te viendrait même pas à l'esprit de t'en excuser.

HENRI

Je m'excuse de m'être cassé la gueule.

CATHERINE, *cherchant à calmer sa mère.*

Maman.

JULIETTE

Quoi ? Maman ?

CATHERINE

Ne sois pas injuste.

JULIETTE

Ton père est un imbécile, ma fille. Si tu ne t'en étais pas encore aperçue, tu as l'occasion de le constater aujourd'hui.
Elle foudroie Julien du regard.
Je prie pour qu'il ne t'arrive pas la même chose qu'à moi.

CATHERINE

Maman. Je te défends.

JULIETTE

Qu'est-ce que tu me défends ?

HENRI

Laisse cette petite tranquille, je t'en prie. Nous n'avons pas su trouver le bonheur, c'est un fait. Nous en sommes entièrement responsables. Laisse-lui sa chance.

JULIETTE

C'est cela. Ramène-là encore. Continue de me torturer. Décidément ça t'aurait plu que je finisse vierge et martyre. Seulement, j'ai déjà renoncé à l'une, alors je renonce aussi à l'autre.

HENRI

Je mesure mes responsabilités dans ce qui est arrivé et je te demande pardon.

JULIETTE

Demander pardon. Tu crois que ce n'est pas un peu facile, non ?

CATHERINE

Maman.

JULIEN

Madame.

JULIETTE *le foudroie du regard.*

Ah ! Vous hein ! Mêlez-vous de ce qui vous regarde.

HENRI

Julien est un peu de la famille, il peut donner son avis.

JULIETTE

D'abord, il n'est pas ENCORE de la famille. Et puis, si tout le monde se met à avoir un avis, nous n'avons pas fini de discuter. Zut après tout. Je ne vais quand même pas tout accepter sans me défendre jusqu'à la fin de mes jours. J'ai le droit de vivre, moi aussi.
Elle se tourne vers Georges.
Mon petit Georges, vous m'avez très souvent, par le passé, demandée en mariage. J'ai été assez bête et assez cruelle pour toujours refuser. Aujourd'hui, je veux réparer la peine que je vous ai faite : j'accepte. Venez, partons.

GEORGES

Non, Juliette.

JULIETTE, *qui ne comprend pas.*

Comment non ? Vous ne m'avez pas demandée en mariage ?

GEORGES

Si, mais aujourd'hui ce n'est plus possible.

JULIETTE

Et pourquoi donc ? Au contraire, plus rien ne nous retient.

GEORGES

Si, Juliette. Tout nous en empêche dorénavant.

JULIETTE

Ah ! Monsieur joue les grands cœurs, les âmes nobles. Je ne vous connaissais pas cet emploi mon vieux.

GEORGES, *humble.*

Moi non plus, je ne me le connaissais pas.

JULIETTE

Permettez-moi cependant une appréciation : vous êtes mauvais. Non. Renoncez à trop de dignité, c'est un rôle qui ne vous va pas du tout. Venez, partons tout de suite, cela vaudra mieux.

GEORGES

Non Juliette, je ne peux pas.

JULIEN

Oh ! Mais c'est pire que ce que je pensais. Un vrai curé. Dommage, mon ami, que la mode soit passée, vous auriez sûrement été très bien en soutane. Enfin, puisqu'il en est ainsi, restez si vous voulez, moi je pars.

Elle remet son manteau.

GEORGES

Où irez-vous ?

JULIETTE

C'est vrai. Je n'ai même plus de quoi prendre un taxi. Je ne peux quand même pas prendre le métro avec un manteau de vison, tout le monde penserait que c'est un faux. Et puis dans le fond, je ne vois pas pourquoi je partirais. Ce n'est quand même pas à moi de m'en aller après tout.

Elle ôte de nouveau son manteau.

GEORGES, *à Henri.*

Qu'allez-vous faire, à présent, patron ?

HENRI

Je n'en sais rien encore. Je n'ai jamais osé regarder trop loin devant moi, cela me donnait le vertige. De toute façon, je dois attendre l'assemblée générale.

JULIETTE

Et après ?

HENRI

Je ne sais pas. J'ai finalement toujours agi comme un imbécile, c'est une chose qu'il faut bien payer un jour ou l'autre. La justice est toujours un peu dure à avaler, mais on ne peut quand même pas lui reprocher d'exister. Seulement, on a toujours tendance à croire, sous prétexte qu'on a évité le premier piège, qu'on est invulnérable. Celui qui n'a pas gagné l'autre rive ne doit pas se moquer de celui qui se noie.

GEORGES

C'est beau, ce que vous dites, patron.

HENRI

Malheureusement, ce n'est pas de moi. Je ne sais d'ailleurs pas de qui c'est. À force d'emprunter à droite et à gauche, on finit par ne plus connaître ses créanciers.

Un temps, il ajoute.

Dans le fond, ce brave La Fontaine avec sa laitière et son pot au lait avait raison. Les fables, on les croit destinées aux enfants, mais nous sommes tous des enfants. On s'imagine adulte et on pense pouvoir faire n'importe quoi. On se lance dans des achats à crédit sans trop savoir si on sera capable de les rembourser. Achetez, vous paierez plus tard : la formule est facile. On croit y gagner, mais c'est finalement ce qui coûte le plus cher. On oublie ses dettes et puis, lorsqu'il faut s'en acquitter, on s'aperçoit qu'on a plus un sou en poche. On a tort de croire qu'on peut impunément profiter de tout. Je ne sais pas si je peux encore me permettre de donner des conseils, mais je crois que celui-là n'est pas trop mauvais. Je suis sûr qu'en ce moment tout le monde est disposé à me prendre en pitié.

Il désigne Juliette.

C'est toi qui as l'air ignoble. Parce que tu veux vivre, parce que tu ne veux pas payer les pots que tu n'as pas cassés et après tout tu as raison. Seulement personne ne pense que tu as raison. Finalement, nous sommes bien tous pareils. D'accord pour que les autres viennent à notre secours. Au besoin, pour cela, on fait un peu vibrer la corde sensible, mais dans le cas contraire, pas question de bouger. Tu sais, je ne te demande rien. Je sais parfaitement que tu n'as pas toujours été très heureuse et je sais aussi que j'en suis en grande partie fautif. Si j'avais été moins stupide, je l'aurais sans doute compris plus tôt. Tu peux partir, tu sais. Je n'ai pas le droit de te retenir.

JULIETTE

Mon chéri. Je te demande pardon. Je ne savais plus ce que je disais.

HENRI

Non, ne commençons pas avoir tous de bons sentiments, nous serions ridicules. M'appelez chéri dans cette situation, on va finir par se croire dans une pièce de boulevard.

JULIETTE

Je t'ai appelé mon chéri ? C'est drôle, je n'ai même pas fait attention.

HENRI

Tu devrais te surveiller.

Le téléphone sonne.

HENRI, *surpris.*

Tiens ! On ne nous a pas encore coupé le téléphone ?
Il sort. On l'entend répondre.
Allô !... Oui, il est ici... Ne quittez pas, je vous le passe.

Il revient et s'adresse à Julien.

C'est pour vous.

JULIEN, *surpris.*

Pour moi ?

Il sort à son tour.

JULIETTE

Dans le fond, nous repartons à zéro. Nous avons vingt ans et tout l'avenir devant nous. Ah ! Je sens que nous allons avoir une vie trépidante et pleine d'imprévus.

HENRI *constate avec un petit sourire.*

Nous aurions peut-être intérêt à nous mettre de la crème antirides.

JULIETTE *lui saute au cou.*

Tu es formidable, mon chéri. Tu n'as plus un sou devant toi, tu ne sais même pas si tu pourras manger demain et tu trouves encore le moyen de plaisanter.

HENRI, *gentiment.*

Tu sais, la vie n'est déjà pas si drôle, si en plus il fallait être sérieux…

GEORGES, *à Catherine.*

Vous ne trouvez pas que les choses s'arrangent un peu trop bien ?

CATHERINE

Si, un peu. C'est ce qui me fait peur.

GEORGES

On a beau dire, rien ne vaut une bonne catastrophe. Là, au moins, on sait qu'il ne peut rien nous arriver de pire.

JULIEN *revient, tout sourire.*

C'est le président de la société américaine qui a racheté vos sucreries. Il est, paraît-il, mon oncle. Il vient de me l'apprendre. Il me recherchait depuis des années, car je suis son seul héritier. Un jour, toutes ses usines seront à moi.

Il s'adresse à Henri.

Il m'a chargé de vous dire qu'il espère que vous accepterez de rester président-directeur général de vos sucreries, auxquelles vont d'ailleurs s'ajouter les sucreries Chancelle puisqu'il y a fusion des deux entreprises. Il voudrait d'ailleurs vous parler de ses projets. Il attend au bout du fil.

HENRI

Nom de Dieu, mais alors tout s'arrange.
Il s'apprête à sortir, mais ajoute d'abord.
On a beau dire quand même, les Américains… !

Il sort.

JULIETTE

Il y en a qui ont véritablement de la veine. Une vraie veine de cocu… Ah ! Mes enfants !

Un temps.

Au fait, il faudrait peut-être que nous pensions à manger. Seulement, qui va préparer le repas ? Quelle idée d'avoir renvoyé la cuisinière aussi vite !… Après tout, cela ne fait rien. Ce soir, c'est moi qui ferai la cuisine. Ça fait au moins vingt ans que cela ne m'est plus arrivé. Je vais vous concocter un de ces petits gueuletons :

Elle énumère.

sardines en boîte
pomme de terre à l'eau
jambon
fromage et fruits.

Avec ça, Maxim's n'a qu'à bien se tenir.

Elle sort. Georges retourne s'asseoir dans son fauteuil et reprend la lecture du journal qu'il avait interrompue.
L'éclairage redevient plus franc.

CATHERINE, *à Julien.*

Tu crois que les choses peuvent être aussi simples ?

JULIEN

Pourquoi pas ? La vie n'est pas si terrible, tu sais. Il suffit de savoir la prendre.

CATHERINE *souriante.*

Tu ne trouves pas ça naïf ?

JULIEN

Tout est naïf. Il n'y a que les philosophes pour croire que la vie est compliquée. Il suffit de ne pas tout embrouiller.

CATHERINE

Il y a des moments, tu sais quel âge je te donne ?

JULIEN *pose son doigt sur sa bouche pour l'empêcher de parler.*

Chut ! Ne le dis pas, ce serait indiscret.

HENRI *revient, tout à fait sûr de lui.*

C'était le ministre des Finances. Il m'a assuré du soutien du Gouvernement. Il n'y a rien à craindre, l'O. P. A. américaine n'a aucune chance de réussir.

Il se frotte les mains.

Je vais encore avoir sauvé vingt siècles de civilisation.

RIDEAU

QUATRIÈME ACTE

Même décor.
Julien est seul en scène. Il marche de long en large, fumant cigarette sur cigarette.
Entre Georges.

GEORGES

Votre futur beau-père me charge de vous dire qu'il va vous recevoir d'un moment à l'autre. Il est actuellement en communication téléphonique.

JULIEN

Merci.

GEORGES

Il n'y a vraiment pas de quoi.
Un temps. Il va s'installer dans un fauteuil d'où il observe Julien qui continue ses allers et retours.
C'est curieux, on vous dirait nerveux. Peut-être mesurez-vous le poids de la confiance qui vous est accordée. Une mission extrêmement difficile. En serez-vous capables ?
Julien s'arrête, lui jette un regard hostile, mais ne répond pas et reprend ses va-et-vient.
Il faut avouer que la situation est délicate. Se trouver subitement parachuté à la tête d'une filiale d'une des plus grandes entreprises françaises a de quoi effrayer quelque

peu. Même lorsqu'on a fait des études supérieures et qu'on est le futur gendre du patron. J'avoue qu'à votre place, je ne saurais trop que faire ni que répondre. D'autant plus qu'on peut toujours se demander si la filiale en question est bien un cadeau. Une société qui vient de faire faillite, même lorsqu'elle est rachetée par un groupe plus puissants, est tout de même une société qui a fait faillite. Enfin, vous êtes jeunes. À votre âge, on a encore le culot et l'ambition qui sont les clés de la réussite. Et puis, après tout, rien ne dit que vous n'avez pas l'étoffe d'un grand capitaine d'industrie. D'ailleurs, cette première passe que vous venez de réussir montre que vous ne manquez pas de talent.

JULIEN, *sur ses gardes.*

Que voulez-vous dire ?

GEORGES *hypocrite.*

Rien de plus que ce que j'ai dit.

JULIEN

Vos sous-entendus me sont indifférents. J'ai, Dieu merci, une conscience qui me met à l'abri de cela.

GEORGES

Je n'en ai jamais douté. Vous êtes jeune, beau, propre, honnête et désintéressé. Il n'y a qu'à vous regarder pour s'en persuader. Malheureusement, les apparences…

JULIEN *le saisit violemment par le col.*

Un mot de plus et je vous casse la gueule.

GEORGES, *moqueur.*

La violence vous va mal. Je ne vous imagine pas une seconde faisant le coup de poing.

JULIEN, *qui ne le lâche pas.*

Je ne sais pas ce qui me retient…

GEORGES, *repoussant sa main calmement, se lève.*

Peut-être le fait que vous pesez quinze kilos de moins que moi. Et puis vous êtes trop bien élevé pour cela. Ce n'est pas du tout votre genre. Vous vous voyez faire le coup de poing comme un vulgaire voyou ? Ça ne s'improvise pas, mon ami. C'est toute une école. Il faut avoir passé sa jeunesse à jouer dans les caniveaux et piquer dans les Monoprix, pas à s'appliquer pour l'écriture sur le cahier et à se tenir bien sagement les bras croisés pour s'assurer une bonne note en conduite.

JULIEN

Je suppose que vous parlez l'expérience.

GEORGES

Vous êtes très fin. Et ce sens de la répartie : remarquable ! Vous êtes sûrement quelqu'un de très bien, mais vous connaissez le dicton : « trop poli pour être honnête ». Il est idiot, sans doute, comme la plupart des dictons populaires, cependant il existe et on s'y fie. C'est la raison pour laquelle je vous disais que les apparences sont, hélas, contre vous. Le petit jeune homme, bien poli, honnête, mais sans fortune, qui tombe amoureux d'une jeune fille dont le papa un coffre-fort bien garni : c'est toujours un peu douteux. La demoiselle est jolie, ce qui ne gâte rien. Disons que jusque-là, c'est plus compréhensible que si elle avait un bec de lièvre, mais tout de même... Là-dessus, le beau jeune homme, qui ne songe qu'à l'amour bien sûr, se voit désigné pour assurer la bonne marche d'une grosse affaire du papa, le tout assorti d'un salaire conséquent. Vous avouerez qu'il y a de quoi éveiller les soupçons.

JULIEN

Je me fous du qu'en-dira-t-on.

GEORGES

Naturellement, comme tout le monde. Mais c'est tout de même quelquefois un peu lourd à porter cette perplexité dans les regards alentour. Aujourd'hui, pour vous, tout est beau, tout est neuf. À votre âge, on ne se nourrit que d'amour et d'eau fraîche. Mais demain ? Avez-vous songé à demain ? Ah ! Je vois déjà tout ça. C'est le soir, vous rentrez chez vous après une journée de travail harassante – c'est qu'il faut se battre dans ce métier. Rien n'est facile –. Vous vous installez dans votre fauteuil, vous dépliez le journal : unique instant de détente de la journée qui, comme tel, pour vous est sacré. Et c'est ici que les choses commencent.

Julien est allé s'asseoir dans un fauteuil, il a ramassé un journal sur le guéridon et commence à se plonger dans la lecture des nouvelles.
L'éclairage a diminué. Georges se retire sur le côté.
Il s'éclipsera au cours de la scène.

GEORGES

Madame fait son entrée.

CATHERINE *entre.*

Tu es là ? As-tu passé une bonne journée, mon chéri ?

Julien, très absorbé par sa lecture, ne répond pas.

J'ai vu madame Bouloche cet après-midi. Il paraît que son fils aîné ne va pas très fort. Tu sais, celui qui a eu un accident de vélo. Ils vont probablement devoir lui amputer la jambe. Évidemment, c'est très embêtant pour un garçon de courses.

Un temps. Elle va et vient, s'affairant à on ne sait quoi.

Ah ! Il paraît aussi que la fille Balbert va se marier. Tu sais, celle qui louche. Avec un borgne. Je ne sais pas comment ils ont fait pour se remarquer…

Encore un temps. Julien est toujours absorbé par la lecture de son journal. Catherine vient lui passer la main dans les cheveux.

Tu air fatigué ce soir.

JULIEN, *agacé.*

C'est pour ça que j'aimerais bien avoir un peu de tranquillité.

CATHERINE *regarde par-dessus son épaule.*

C'est intéressant ce qu'ils disent dans le journal ?… Tu devrais le tenir à l'endroit, ce serait plus commode pour le lire.

Julien retourne machinalement le journal. Elle demande.

Tu as des soucis ?

JULIEN

Je ne pourrais pas réfléchir tranquillement ?

CATHERINE

À quoi réfléchis-tu ?

JULIEN *de plus en plus agacé.*

Tu ne vas pas t'arrêter de parler deux minutes ? J'ai déjà du mal à rassembler mes idées, si en plus tu t'en mêles, je n'ai aucune chance d'y arriver.

CATHERINE, *vexée.*

C'est bon. Si je ne peux pas savoir, garde tes soucis pour toi. Après tout, je m'en moque.

JULIEN

Je ne vois vraiment pas pourquoi tu as besoin de savoir puisque de toute façon tu n'y comprendras rien.

CATHERINE, *piquée.*

Dis tout de suite que je suis idiote.

JULIEN

Ah ! Vous les femmes, vous êtes bien toutes les mêmes. Vous voulez toujours tout savoir, même si vous n'y pouvez rien, même si vous n'y comprenez rien, vous voulez quand même savoir.

CATHERINE

C'est bon, puisque tu le prends sur ce ton, je ne te demanderai plus rien. Seulement, tu ne t'étonneras pas que je ne t'adresse plus la parole.

JULIEN

Il y a belle lurette que je ne m'étonne plus de rien.
Puis se ravisant.
Quoique là, je m'étonnerai un peu malgré tout. Il faut être franc.

CATHERINE *menace.*

Un jour, je te tromperai.

JULIEN

C'est cela. Tu en emmerderas un autre.

CATHERINE

Quand je pense que je t'ai tout sacrifié, que j'ai renoncé à tout pour toi. J'ai gâché ma jeunesse pour un ingrat. Oh ! Mais ne crois pas que tu as gagné la partie, mon ami. Ce serait trop facile. Figure-toi que je peux encore refaire ma vie. Je suis encore désirable. Les hommes se retournent toujours sur moi dans la rue.

JULIEN

Tout le monde peut être distrait.

CATHERINE

Comme tu es spirituel ! Et drôle en plus.

JULIEN

N'est-ce pas ?

CATHERINE

Dire que je t'ai tout donné. Je voulais être l'épouse irréprochable. J'entends encore tes déclarations d'amour autrefois :

Elle singe.
« Tu crois que nous serons heureux un jour ? »
« Pas un jour, toujours ! ».
Et moi, gourde comme pas deux, j'ai marché. Seulement maintenant, c'est bien fini mon bonhomme. Ce coup-là, je te plaque.

Elle appelle.

Georges ?

Georges revient précipitamment.

CATHERINE

Georges, mon ami, combien de fois m'avez-vous fait

la cour ? Combien de fois vous ai-je éconduit ? J'étais trop bête et trop cruelle. Aujourd'hui, je réalise la peine que j'ai je vous ai faite et vous en demande pardon. Si vos sentiments à mon égard n'ont pas varié, je suis à vous pour toujours.

GEORGES, *ému.*

Oh ! Catherine ! Est-ce possible ? Moi qui ai tant espéré sans oser y croire, mais dites-moi que je ne rêve pas.

CATHERINE

Venez, mon ami. Nous allons vivre un amour éternel.
Elle l'entraîne pour sortir. À mi-chemin, elle se retourne vers Julien et lui lance.
Voilà, tu es cocu ! Cela te fait plaisir j'espère.
Julien ne répond pas. Furieuse, elle revient vers lui.
Non, mais dis donc, quand je te parle, tu pourrais répondre.

JULIEN, *calme.*

Tu m'emmerdes.

CATHERINE

Et grossier en plus.

JULIEN

Ne fais pas semblant d'être froissée.

CATHERINE

Mufle ! Tu n'es qu'un mufle !
Elle se tourne pour bouder. L'éclairage redevient plus franc.

GEORGES *reprend, s'adressant à Julien.*

Ça, c'est ce qu'on appelle la lassitude. Mais c'est encore, si j'ose dire, la scène qui vous est la plus favorable, car dans votre cas, les choses sont appelées à aller beaucoup plus loin.
L'éclairage diminue de nouveau. Georges se retire.
Catherine fait volte-face.

CATHERINE

Quand je pense au nombre d'hommes qui m'ont fait la cour et que j'ai repoussés à cause de toi. Non, mais ce n'est pas vrai. Comment ai-je pu être assez bête ? Dire que j'ai refusé la main du comte de Chicot pour t'épouser. Ce n'est pas croyable.

JULIEN *demande insidieusement.*

Chicot, c'est bien celui qui avait une jambe plus courte que l'autre ?

CATHERINE

Ah ! On reconnaît bien ta lâcheté. Insister sur une légère infirmité. C'est bien toi, ça. D'ailleurs, personne n'a les jambes exactement de la même longueur. Demande à n'importe quel médecin, il te le dira.

JULIEN

Évidemment, mais il y a tout de même des nuances. Avec lui, tu n'avais pas intérêt à tourner la valse à l'envers parce que vous vous seriez retrouvés tous les deux la gueule sur le tapis.

CATHERINE

Mais vas-y ! Insiste encore !

Elle poursuit.

Dire que si j'avais épousé le fils Palourde, à l'heure qu'il est je serais femme d'ambassadeur.

JULIEN *précise.*

Destitué. Il a été révoqué pour avoir trempé dans des affaires douteuses.

CATHERINE

C'est faux. Il a été victime d'une machination des Russes. D'ailleurs, il ne tardera pas à le prouver.

JULIEN

Je le lui souhaite, parce que sinon il risque d'en prendre au minimum pour vingt ans.

CATHERINE

Qu'est-ce que tu étais, toi ? Rien du tout. Un pauvre minable, sans argent, sans famille. Certes, tu avais fait des études supérieures, mais ça prouve seulement que tu avais une bonne mémoire. Alors tu as cherché à miser sur le bon cheval et là, tu as réussi. Tu t'es introduit en rampant pour rentrer dans les bonnes grâces de mon père et allez donc : à moi la réussite ! En plus, la fille était jolie et bien faite, alors vraiment pourquoi ne pas en profiter ?

JULIEN

Tu as décidément hérité des plus belles qualités de ta mère.

CATHERINE

Qu'est-ce que tu as contre ma mère ?

JULIEN

Rien, si ce n'est qu'il y a des jours où tu lui ressembles beaucoup.

CATHERINE

Le fait est qu'en ce qui te concerne, tu étais beaucoup plus proche de mon père. Tu n'as jamais su que t'intéresser à tes propres affaires. Tout le reste t'est indifférent. Seulement quand tu m'as épousée, tu as pris un engagement. Tu ne t'en souviens peut-être plus, mais moi je me le rappelle. Tu as des devoirs mon ami et je suis désolée d'avoir à te le répéter, mais tu oublies un peu trop souvent que tu as une femme.

JULIEN

Je te fais toujours confiance pour me rafraîchir la mémoire.

CATHERINE

Heureusement. Parce qu'autrement j'ai l'impression qu'ils il y a belle lurette que tu l'aurais oublié.

JULIEN

Je n'ai jamais su exactement de quoi tu te plaignais, mais je dois dire que j'ai renoncé. Tu n'auras passé ta vie qu'à cela et après tout, ça t'aura fait une occupation.

CATHERINE

Comment ? Tu ne sais pas de quoi je me plains ? Tu crois que c'est une vie pour une femme celle que tu m'as faite ? J'étais quand même en droit d'espérer un peu plus que ce que tu m'as donné.

JULIEN

Je t'accorde que je n'ai peut-être pas très bien cherché, mais je n'ai jamais pu avoir, ne serait-ce qu'une idée, sur ce qui aurait été susceptible de te satisfaire. Je ne sais pas très bien comment nous en sommes arrivés là, mais…

De nouveau, plein éclairage.

GEORGES

Justement, c'est là le hic. On ne sait jamais comment on en est arrivé là, mais on y est tout de même arrivé.

JULIEN *se lève.*

Désolé de vous décevoir, mais je crois que vous avez fait une petite erreur.

GEORGES

Laquelle ?

JULIEN

Oh ! Pas grand-chose. Seulement une erreur de distribution. Ce n'était pas moi qui étais dans ce fauteuil. Ce n'était pas Catherine face à moi.

GEORGES

Et qui donc alors ?

JULIEN

Réfléchissez un peu. Ce n'est pas si difficile.
L'éclairage baisse.
Entre Henri qui se laisse choir dans le fauteuil qu'occupait précédemment Julien. Il pousse un soupir de lassitude. Catherine et Julien se retirent de leur côté,
Georges du sien.
Juliette paraît à son tour.

JULIETTE

Je ne sais pas ce que nous mangerons ce soir, Marie a laissé brûler le gigot une fois de plus.

HENRI

Je t'ai déjà déconseillé de ne pas laisser Marie s'occuper seule de la cuisine. Elle est bien gentille, mais a besoin d'être guidée.

JULIETTE

À quoi sert d'avoir des domestiques s'il ne faut rien leur confier ? Et naturellement, pendant que je me débats avec cette bonne à rien, Monsieur se prélasse dans son fauteuil.

HENRI

J'ai passé toute ma journée à travailler mes dossiers au bureau, j'ai peut-être droit à un moment de détente.

JULIETTE

Parce que moi je n'y ai pas droit ?

HENRI

Je n'ai pas dit ça. Mais disons que nos activités ne sont pas tout à fait comparables.

JULIETTE

J'ai passé ma matinée chez le coiffeur et la manucure, l'après-midi chez le tailleur, crois-moi, j'en ai ma claque. Seulement Monsieur s'en moque, ce ne sont pas ses oignons. Monsieur a bien trop à penser avec son sucre. Sa femme ? Aucune importance. Elle peut bien se morfondre du matin au soir, c'est le cadet de ses soucis.

HENRI

Si j'ai bonne mémoire, il n'y a pas si longtemps que tu m'as fait une scène de ce genre. Je crains que nous retombions inévitablement dans quelques redites d'une discussion qui ne nous a jamais menés très loin. Nous ferions peut-être bien de l'éviter.

JULIETTE

L'éviter ? Ce serait un peu facile mon bonhomme. Tu ne crois tout de même pas t'en tirer à si bon compte. Tu as gâché ma vie parce que tu n'étais qu'un misérable égoïste et il faudrait que je me laisse faire après avoir supporté cela des années durant.

HENRI

Je suis un égoïste, c'est probable, mais disons que j'ai un avantage sur toi : c'est que moi je le sais.

JULIETTE

Quoi ? Décidément, tu ne manques pas de culot. Tu ne t'es jamais occupé que de toi. Rien d'autre n'a jamais retenu ton attention. Ni ta femme, ni même ta fille à qui tu auras gâché la vie comme tu as gâché la vie de tout le monde.

HENRI

Très sincèrement, je ne suis pas sûr que nous ayons gâché la vie de Catherine. Il lui reste d'ailleurs encore pas mal de chemin à faire et, j'ose espérer qu'elle le parcourra du mieux possible, sans en être tout à fait certain, hélas !

JULIETTE

Et c'est sans doute pour cela que tu l'as flanquée dans les bras de cet imbécile.

HENRI

Primo, je ne l'ai flanquée dans les bras de personne. Secundo, je ne pense pas que Julien soit plus imbécile qu'un autre.

JULIETTE

Décidément, tu vieillis mon ami. Ta perspicacité tend à sérieusement s'émousser. Maintenant, si tu crois que tu lui as également offert une jeunesse heureuse, j'envie ton insouciance.

HENRI

Elle n'a peut-être pas eu une jeunesse parfaitement heureuse, mais raison de plus pour la laisser courir sa chance à présent.

JULIETTE

La faute à qui, tout ça ?

HENRI

À nous. À toi comme à moi.

JULIETTE

Tu pourrais te nommer en premier mon bonhomme.

HENRI

Je tenais à être galant.

JULIETTE

Si tu avais assumé des responsabilités, si tu avais su être un père, si tu avais été moins égoïste…

HENRI, *que cette discussion commence à agacer.*

Ah ! Je t'en prie, tu ne vas pas remettre ça. Tu pourrais au moins faire un effort pour ne pas toujours répéter les mêmes choses. Ça devient lassant à la fin.

JULIETTE

Ça te gêne d'entendre la vérité, n'est-ce pas ?

HENRI

Non. Ce qui me gêne c'est le manque de variété. Et puis non d'un chien, est-ce que tu n'as rien à te reprocher, toi ? Est-ce que tu n'as pas été égoïste, toi aussi ? Tu pourrais peut-être aussi faire ton autocritique.

JULIETTE

C'est trop fort. C'est toi qui me fais des reproches à présent ?

HENRI

Je ne te fais aucun reproche. Je te demande seulement de convenir que tu as toi aussi des responsabilités.

JULIETTE, *avec une innocence déconcertante.*

Moi ? Quelles responsabilités ? Si tu n'avais pas toujours pensé qu'à toi, les choses auraient pu être différentes.

HENRI

Bon sang, tu exagères. Tu ne pourrais pas être de bonne foi une fois ? Une bonne fois. Nous n'avons pas très bien réussi notre vie de couple, mais nous en avons chacun notre part. Toi comme moi, admets-le.

Il ajoute, plus grave.

Je vais même te dire une chose qui va peut-être t'étonner : je crois que nous aurions pu être heureux tous les deux. Il fut un temps où nous nous sommes aimés, ça ne fait aucun doute. Nous pensions que cela durerait, et si ça n'a pas été le cas, c'est que nous n'avons pas su nous défier de la force de l'habitude. L'usure est une chose terrible pour un couple. Si je me suis enfermé dans mes affaires pour ne plus en sortir, c'est que j'en ai eu marre. Marre de tes jérémiades. Marre de tes soupirs. Il y a une chose que tu n'as jamais comprise : c'est que j'avais besoin de vivre, moi aussi. Il aurait fallu que tu sois moins accaparante. Ce qu'il y a de bon dans l'amour, c'est qu'il permet de se retrouver. Seulement pour cela, il faut aussi savoir se séparer de temps en temps, comprendre que l'autre a besoin d'être seul quelquefois, d'avoir la paix. L'amour consiste à faire une moitié du chemin un côte à côte et l'autre en file indienne.

JULIETTE

Avec toi, c'était plutôt tout en file indienne.

HENRI

Parce que j'en ai eu marre. Si tu avais été moins exclusive… J'ai eu envie de vivre moi aussi. C'était mon droit, non ?

JULIETTE

Ce n'était pas le mien ?

HENRI

Bien sûr que si, mais pas en empoisonnant tout le monde. Finalement, la polygamie a ceci de bon, c'est que ce ne sont pas toujours les mêmes qui sont empoisonnés.

JULIETTE

Monstre ! Tu n'es qu'un monstre !

HENRI, *sourdement.*

Je sais. Mais je ne me suis pas fait tout seul.

JULIETTE

Tu me dégoûtes.

Elle va pour sortir.

HENRI *demande.*

Tu pars ?

JULIETTE

Oui, je pars. J'en ai assez vu et assez entendu. Je change d'air. J'ai un peu envie de vivre moi aussi.

HENRI

Alors, à tout de suite.

Elle hausse les épaules et sort.
Un temps. Henri se lève.

Moi aussi je vais m'aérer.

Il sort de l'autre côté tandis que Julien et Georges reparaissent.
Plein éclairage.

JULIEN

Voilà ! C'est tout simple, mais ça change tout.

GEORGES

Écoutez mon vieux, on peut être naïf, mais pas à ce point. La terre ne vous a pas attendu pour tourner. Vous pensez bien que vous n'êtes pas le premier à être tombé amoureux. Combien vous ont précédé sur ce chemin ? Eux aussi ont cru, de bonne foi, que cela durerait toujours. Et puis, et puis… il y a le temps auquel on n'échappe pas. Ce fameux temps contre lequel on ne peut rien. La seule solution serait de mourir jeune seulement, vous conviendrez que ce n'est pas non plus un idéal.

JULIEN

Taisez-vous. Je ne veux plus vous entendre.

GEORGES

Serait-ce que vous commencez à perdre votre belle assurance ?

JULIEN

Vous crachez votre venin parce que vous avez tout raté. Vous empoisonnez tout, mais tout le monde n'est pas une ordure. Chacun sa vie, chacun son rôle, et il n'y a pas de mauvais rôle dans une bonne pièce. Il n'y a que de mauvais comédiens qui en font trop ou pas assez. Si chacun se contentait de jouer consciencieusement, on n'en serait pas là.

GEORGES

J'ai l'impression qu'il y a dans votre esprit d'abominables confusions. Comparer la vie au théâtre est assez joli, je vous l'accorde. Ce n'est d'ailleurs pas très nouveau. Cela a déjà pas mal servi. Vous me direz qu'il y a moindre mal à emprunter des arguments quand ils sont bons, mais c'est tout de même un peu facile. Quoi qu'il en soit, votre comparaison ne vaut que ce que vaut une comparaison, autant dire pas grand-chose. Tout cela est du théâtre, c'est vrai, mais du mauvais théâtre. C'est une pièce sans auteur, ne l'oubliez pas. Ça manque d'unité. Chacun joue, non pas en fonction des autres, mais en fonction du rôle qu'il aimerait voir jouer par les autres. Tout le monde conjugue au conditionnel, mais le conditionnel, ça n'existe pas. Alors on aboutit à d'affreux mélanges avec lesquels on a parfois du mal à s'y retrouver, ne sachant plus très bien ce qui appartient au rêve ou revient à la réalité. Tout cela manque de finesse, de précision : choses qu'on pardonne difficilement. Pourtant, c'est la vie, la vraie. On est obligé de composer entre ses désirs profonds et ceux qu'on attribue aux autres, ceux que les autres ont vraiment et qui ne sont pas les mêmes, ceux qu'ils nous attribuent et qui sont encore différents, pour en arriver à une espèce de formule hybride où la vie n'est pas ce qu'elle serait si elle était ce qu'on voudrait qu'elle soit, mais où elle est tout simplement ce qu'elle est.

Il demande, à la fois satisfait de sa démonstration, mais aussi pas très sûr de lui.

Vous me suivez ?

JULIEN

Non. Je ne vous écoutais pas.
Georges le regarde, quelque peu déconcerté.
Paraît Henri.

HENRI

Ah ! Vous êtes là, mon garçon. Pardonnez-moi de vous avoir fait attendre, mais ainsi vont les affaires. Vous ne tarderez pas à l'apprendre.

À Georges.

Georges, il faudrait vérifier si Parker a bien passé la totalité des ordres en bourse.

GEORGES

Bien Monsieur.

Il sort.

HENRI, *à Julien.*

Asseyez-vous, je vous prie. Vous savez pourquoi je vous ai demandé de venir, aussi n'irai-je pas par quatre chemins. Notre société s'est enrichie d'une nouvelle filiale : les ex-sucreries Chancelle qu'il va falloir pourvoir de nouveaux cadres. J'espère que vous êtes prêt à répondre présent à l'appel.

JULIEN

Je suis flatté de la confiance que vous me témoignez, mais je n'ai pas eu le temps de réfléchir à l'éventualité d'une telle proposition. J'avoue être un peu pris au dépourvu.

HENRI

Vous avez toute la vie devant vous. À votre âge, il faut foncer sans forcément trop réfléchir. C'est le plus sûr moyen de se placer en tête.

JULIEN

C'est que j'ai un peu peur…

HENRI

De quoi ?

JULIEN

Je ne sais pas au juste. Tout cela est tellement inattendu, tellement précipité.

HENRI

Il faut être plus déterminé que cela, mon garçon. J'espère que ce n'est pas moi qui vous fais peur. Les liens familiaux qui doivent prochainement nous rapprocher devraient être un facteur de détente entre nous.

JULIEN

C'est aussi ce qui me gêne. Je ne voudrais pas…

HENRI

Qu'on dise que vous êtes là par protection ? Vous aurez toujours, dans la vie, des envieux. Laissez-leur la place qu'ils méritent. D'ailleurs, ma proposition n'a qu'un lointain rapport avec votre prochain mariage avec ma fille.

JULIEN

Pourquoi m'avoir choisi, moi ?

HENRI

L'instinct. Je me suis toujours fié à mon instinct et ça ne m'a pas trop mal réussi. Et puis, ne cherchons pas à tricher. Autant dire les choses telles qu'elles sont. Il est vrai que c'est aussi en pensant à Catherine que je vous fais cette proposition. J'ai conscience de n'avoir pas toujours été un très bon père et j'en conçois quelques regrets. C'est difficile d'avoir des enfants. L'élevage : c'est une spécialité. On a beau vouloir sincèrement agir de son mieux, on n'y parvient que très rarement. On est toujours trop dur ou trop faible, trop ambitieux ou trop modeste, on voudrait tout réussir pour eux et finalement on ne réussit pas grand-chose. Alors, s'ils parviennent à trouver une vraie place dans la vie, s'ils rencontrent parfois le bonheur, on se délivre un satisfecit en bonne et due forme. Dans le cas contraire, on dresse un constat d'impuissance et on se justifie comme on peut. Tout est dû à leur tempérament. On n'y pouvait rien, et cætera. De toute façon, on s'arrange toujours pour avoir bonne conscience. Il y en a bien qui les mettent à l'assistance publique ou d'autres qui les jettent à la poubelle, alors...

Il ajoute, rêveur.

J'aurais aimé avoir un fils comme vous. Un petit copain avec lequel je me serais si bien entendu. Je l'aurais emmené courir dans les bois. Je lui aurais appris à fabriquer un arc, à équilibrer un cerf-volant... De temps en temps, il y aurait eu des accrocs bien sûr, mais sans importance. La providence n'a pas voulu qu'il en soit ainsi. Elle m'a donné une fille pour laquelle j'étais sans doute moins bien préparé. Je ne l'ai pas moins aimée cependant, mais cela m'a tout de même un peu dérouté. Alors aujourd'hui je m'efforce de réparer. Et ce n'est pas facile.

JULIEN

Je ne pense pas que Catherine vous en veuille.

HENRI

Je n'en sais rien et ça ne change pas grand-chose. Voyez-vous mon garçon, si un jour vous avez des enfants, n'attendez pas d'en faire des génies. Ne vous attachez pas à leur infliger une éducation excessivement rigide. Contentez-vous de les aimer. Sachez leur sourire quand ils en ont envie, répondre à leurs questions, même lorsqu'elles sont idiotes. Ne leur faites pas trop de leçons de morale. La seule chose utile que vous puissiez leur offrir, c'est l'amour, la tendresse. C'est de cela qu'ils ont besoin. Après, tout le reste suit. Un enfant que vous aimez vous aime et n'a pas envie de vous décevoir. C'est cela la bonne éducation.

JULIEN

J'essaierai.

HENRI

Si je peux me permettre un conseil, je dirai que, si vous voulez faire le bonheur de vos proches, de votre femme, de vos enfants, retenez une chose : l'amour ne s'achète pas. Il ne suffit pas de vouloir donner, comme on le croit trop souvent. Donner c'est bien, mais c'est encore ce qu'il y a de plus facile il faut aussi savoir recevoir, accepter, être disponible. Et c'est peut-être le plus difficile. Savoir écouter des histoires qui ne vous intéressent pas, accepter une promenade quand vous n'en avez pas envie, mettre la cravate qu'on vous a offerte et qui ne vous plaît pas, voilà ce qui retient vos proches. C'est souvent difficile, alors on cherche des échappatoires. On s'invente des excuses. Petit à petit, on apprend à tricher, à mentir, puis un beau jour, on constate que tout est brisé, mais il est trop tard.

Un temps. Paraît Catherine. Elle est habillée pour sortir.

CATHERINE

Vous en avez encore pour longtemps avec vos discussions ? Je suis prête, mon chéri.

HENRI

Je vous laisse. Ne commencez pas déjà à la faire attendre. Réfléchissez à ma proposition. Je l'ai faite de bon cœur. À vous de décider. Bonne promenade.

Il sort.

CATHERINE

Alors, te voilà promu grand capitaine ?

JULIEN

Je ne sais pas. Je n'ai pas encore dit oui.

CATHERINE

Tu as peur ?

JULIEN

Peut-être.

CATHERINE

C'est ton futur grand patron qui t'effraie ?

JULIEN

Non. C'est tout le système. J'ai peur de mettre le doigt dans l'engrenage. Tu sais, l'amour n'est pas toujours ce qu'on croit. Il ne suffit pas de vouloir donner. Donner c'est bien, mais c'est encore ce qu'il y a de plus facile. Il faut aussi savoir recevoir, accepter, être disponible, et ça, c'est plus difficile.

CATHERINE

Tu as trouvé ça tout seul ?

JULIEN

Je ne sais pas. Peut-être. Mais j'ai peur, en mettant le doigt dans l'engrenage, de n'être bientôt plus disponible et de commencer à chercher des échappatoires, d'inventer des excuses et, petit à petit, d'apprendre à tricher, à mentir, jusqu'à ce qu' un beau jour, je m'aperçoive que tout est brisé.

CATHERINE

Eh bien dis donc, tu es optimiste aujourd'hui. Je crois que tu réfléchis trop et ça ne te réussit pas très bien.

JULIEN

Ne plaisante pas. C'est trop sérieux un amour. Un peu trop fragile aussi.

CATHERINE

Tu veux me faire peur ?

JULIEN

Oui. Je crois qu'il faut avoir peur pour bien s'aimer. Il faut se dire qu'à chaque instant tout peut être détruit. Tu sais, il faudra que chaque matin, en nous réveillant, nous ayons peur. Peur que la journée qui commence soit la dernière pour nous. Alors, il faudra faire très attention. Le moindre faux pas risque d'être fatal.

CATHERINE

Tu sais que tu es effrayant par moment ?

JULIEN

Tant mieux.

Ils s'embrassent.

Allez, viens. Allons faire notre petit tour dans les bois.

CATHERINE

Pourvu que le loup n'y soit pas !
Ils se sourient et sortent enlacés, un peu gauche, un peu bêta, mais sûrement amoureux.

RIDEAU

FIN de

LE CONDITIONNEL